혼자의 넓이

혼자의 넓이

이문재 시집

창비

차
례

제1부 · 혼자와 그 적들

010   모란

011   혼자의 넓이

012   꽃말

013   혼자와 그 적들

014   초발심

015   어제 죽었다면

016   분수

018   우리의 혼자

020   혼자 울 수 있도록

022   얼굴

023   흔들의자

024   물휴지

025   남쪽

026   배웅

028   발치(拔齒)

030   대가족

032   남 생각

033   침묵에서 가장 먼 곳까지

036   물의 백서 3

038　　　노후

042　　　밤의 모란

043　　　스트라이크

044　　　예술가

046　　　모래시계

제2부・ 당신이 찾고 있는 것이 당신을

050　　　로마서

051　　　아파트

052　　　당신이 찾고 있는 것이 당신을 찾고 있다

054　　　메타세쿼이아

056　　　향월암(向月庵)

059　　　별내

060　　　초여름

062　　　생일 생각

065　　　가로등

066　　　천산북로

068　　　풍등(風燈)

070　　　연등 축제

072　　　낙엽송

074   달의 백서 1

076   약간의 마법이 스며 있는 평범한 이야기

078   유모차

080   이웃에게 말 거는 법

082   또 하나의 가족

084   공동주택

085   고독사

088   안전지

090   황금률

091   지슬

092   녹슬었다

094   고맙다

096   증강현실

098   손 단속

100   쉬운 것들

102   오래 만진 슬픔

104   백서 3

108   존엄의 사생활

110   대동강 247킬로미터

112   활발한 독거들의 사회

114 　　사람

116 　　마음의 바깥

118 　　농업

제3부 · 끝이 시작되었다

122 　　지구 생각

123 　　소로의 오두막

124 　　남향(南向)

126 　　두번째 생일

128 　　풍향계

130 　　지구의 말

132 　　어제보다 조금 더

133 　　불경

134 　　구글어스

136 　　1인 시위

138 　　천국의 묵시록

140 　　끝이 시작되었다

142 　　사랑과 평화

144 　　평화보다 먼저

146 　　파브르 아저씨

148   죄가 있다, 살아야겠다

150   발성 연습이다

155   삼대

158   모름지기

160   활보 활보

164   인터스텔라

166   전태일반신상

168   미래에게 미래를

170   거대한 근황

173   남녘 사십구재

176   이 먼 나라를 알으십니까

180   전환 학교

182   철인삼종경기

184   토지 탁구

186   혼자가 연락했다

187   해설 | 이홍섭

204   시인의 말

제 1 부

혼자와 그 적들

모란

앞뜰이 생기면
두어평 앞뜰이 생기면
옮겨 심으리라
마음속 피고 지던
모란

모란이 피어나면
마당에 나가서 보리라
엄동설한에도 피고 지던
그 마음속
백모란

혼자의 넓이

해가 뜨면
나무가 자기 그늘로
서쪽 끝에서 동쪽 끝으로
종일 반원을 그리듯이
혼자도 자기 넓이를 가늠하곤 한다
해 질 무렵이면 나무가 제 그늘을
낮게 깔려오는 어둠의 맨 앞에 갖다놓듯이
그리하여 밤새 어둠과 하나가 되듯이
우리 혼자도 서편 하늘이 붉어질 때면
누군가의 안쪽으로 스며들고 싶어한다
너무 어두우면 어둠이 집을 찾지 못할까 싶어
밤새도록 외등을 켜놓기도 한다
어떤 날은 어둠에게 들키지 않으려고
유리창을 열고 달빛에게 말을 걸기도 한다
그러다가 혼자는 자기 영토를 벗어나기도 한다
혼자가 혼자를 잃어버린 가설무대 같은 밤이 지나면
우리 혼자는 밖으로 나가 어둠의 가장자리에서
제 그림자를 찾아오는 키 큰 나무를 바라보곤 한다

꽃말

나를 잊지 마세요
꽃말을 만든 첫 마음을 생각한다
꽃 속에 말을 넣어 건네는 마음
꽃말은 못 보고 꽃만 보는 마음도 생각한다
나를 잊지 마세요
아예 꽃을 못 보는 마음
마음 안에 꽃이 살지 않아
꽃을 못 보는 그 마음도 생각한다
나를 잊지 마세요
꽃말을 처음 만든 마음을 생각한다
꽃을 전했으되 꽃말은 전해지지 않은
꽃조차 전하지 못한 수많은 마음
마음들 사이에서 시든 꽃도 생각한다

혼자와 그 적들

혼자 살아보니
혼자가 아니었다

혼자 먹는 밥은
언제나 시끄러웠다
없는 사람 없던 사람
매번 곁에 와 있었다
혼자 마시는 술도 시끌벅적

고마운 분들
고마워서 미안한 분들
생각할수록 고약해지는 놈들
그 결정적 장면들이 부르지 않았는데
다들 와서 왁자지껄했다 저희들끼리
서로 잘못한 게 없다며 치고받기도 했다

혼자 있어보니
혼자는 사실상 불가능했다
나는 나 아닌 것으로 나였다

초발심

처음으로
둥지를 트는 까치 부부처럼

큰 바다로 나갔다가
모천으로 돌아가는 연어처럼

봄여름 함께 잘 살다가
제 가지에서 떨어지는 단풍잎처럼

팔순 생신상 받으시고
생전 처음이라는 외할아버지처럼

저 멀리 초겨울 첫눈에게 눈짓하는
춘삼월 마지막 눈발처럼

어제 죽었다면

질문을 바꿔야
다른 답을 구할 수 있다

이렇게 바꿔보자

만일 내가 내일 죽는다면, 말고
어제 내가 죽었다면,으로

내가 어제 죽었다고
상상해보자

만일 내가 어제 죽었다면

분수

나무는 분수다
끝까지 올라가서
끝까지 가서 떨어진다

실뿌리에서 가장 먼 우듬지까지
둥치에서 가장 먼 잔가지까지
밑동에서 가장 먼 새순까지
꽃에서 가장 먼 열매까지
겨울에서 가장 먼 늦가을까지

끝까지 올라가서
끝까지 가서
끝을 보고 떨어진다

땅에 떨어진 씨앗에서
가장 먼 땅 위 새싹까지

나무는 분수다
맨 끝에서 다시 시작하는

맨 끝에서 맨 처음으로
다시 태어나는

우리의 혼자

혼자는 바쁩니다
외롭거나 쓸쓸할 겨를이 없습니다
혼자는 오늘도 모든 걸
혼자서 다 하려고 정신이 없습니다
친구를 만나지 않는 것도 혼자
전기밥솥 예약 버튼을 눌러놓지 않는 것도
옛 애인 이름을 생각하지 않기로 한 것도
국가고시에 접수만 하고 시험장에는 안 가는 것도
미국 드라마 세편을 연속으로 보는 것도
혼자서 다 하느라 겨를이 없습니다
그러면서도 혼자는 자기가 혼자라는 걸
누구한테 들키고 싶어하지 않습니다
그렇지만 매번 자기 자신에게 발각됩니다
의도하지 않아도 노출되고 맙니다
그래서 혼자는 더욱더 혼자이고
그래서 더더욱 혼자서 잘하려고 애를 씁니다
혼자 주변에는 온통 혼자입니다
혼자는 늘 혼자들에게 둘러싸여 있습니다
주위에 있는 혼자들도 다 알고 있지만

서로 다들 혼자이기 때문에 간섭하지 않습니다
오늘도 혼자는 바쁩니다
하고 싶지 않은 일은 절대 하지 않기 위해
하고 싶은 일이 대체 무엇인지 알아라도 보기 위해
어제와 다름없이 열심입니다
때로 혼자는 뭐가 뭔지 몰라 멈칫합니다
그럴 때면 자기 이름을 몇번 불러보기도 하고
일없이 가족관계증명서를 떼어보기도 합니다
실내에 있는 전등을 있는 대로 다 켜놓거나
벽에다 칼을 던져보기도 합니다
그러다가 갑자기 자기 자신이 낯설어지면
우리 혼자는 다시 대단히 바빠집니다
그러다가 또 지치면
혼자는 모든 게 다 그냥 싫다고
아니 모든 게 그냥 다 좋다고 혼잣말을 합니다
우리 혼자들이 모여 사는 공동주택 입구에는
멋진 붓글씨가 하나 걸려 있는데요
화이부동(和而不同) 존이구동(存異求同)
눈길을 주는 혼자는 거의 없습니다

혼자 울 수 있도록
오래된 기도 3

혼자 울 수 있도록
그 사람 혼자 울 수 있도록
멀리서 지켜보기로 한다
모른 척 다른 데 바라보기로 한다

혼자 울다 그칠 수 있도록
그 사람 혼자 울다 웃을 수도 있도록
나는 여기서 무심한 척
먼 하늘 올려다보기로 한다

혼자 울 때
억울하거나 초라해지지 않도록
때로 혼자 웃으며
교만하거나 배타적이지 않도록

저마다 혼자 울어도
지금 어디선가 울고 있을 누군가
어디선가 지금 울음 그쳤을 누군가
어디에선가 이쪽 하늘을 향해 홀로 서 있을

그 누군가를 떠올릴 수 있도록

그리하여
혼자 있음이 넓고 깊어질 수 있도록
짐짓 모른 척하고 곁에 있어주는 생각들
멀리서 보고 싶어하는 생각들이
서로서로 맑고 향기로운 힘이 될 수 있도록

얼굴
아주 낯익은 낯선 이야기

내 얼굴은 나를 향하지 못한다
내 눈은 내 마음을 바라보지 못하고
내 손은 내 몸 안으로 들어가지 못한다

얼굴은 남의 것이다
손은 누군가의 손을 잡아주기 위한 것
누군가에게 내밀기 위한 것이다

입과 코가 그렇고
두 귀는 물론 두 발도 그러하다
안 못지않게 바깥이 중요하다

지금 내 앞에 있는 사람이
가장 소중한 사람이다
지금 내 앞에 있는 사람 앞에 있는
나 또한 가장 귀중한 사람이다

조금 낯설지만
알고 보면 아주 낯익은 이야기다

흔들의자

신도시 아파트 주차장

빨간 주차금지 표지판 옆

흔들의자 혼자 앉아 있다

왼쪽 어깨가 기울었다

누가 내놓은 모양이다

흔들어도 안 흔들렸나보다

흔들지 않아도 흔들렸나보다

물휴지

물휴지 뚜껑을 열었더니
이런 글귀가 적혀 있다

엄마에게도
주말이 있었으면 좋겠다

아
엄마
엄마에게 어디 주말뿐이랴

엄마에게도 엄마가 있었으면 좋겠다

남쪽

남쪽에
아는 사람이 있는 사람이
바라보는 남쪽하고
남쪽에
아는 사람이 없는 사람이
바라보는 남쪽은
얼마나 다른가

배웅
남쪽 덕규에게

어머니 가시던 길
내가 업어드린 줄 알았는데
끝까지 내가 업혀 있었다

어머니 가실 때
내가 배웅한 줄 알았는데
아니었다 여전히 어린 늙은 내가
어머니 등에 업힌 채

젊은 엄마 등에 업힌 채
엄니 모가지를 끌어안은 채
하늘 저쪽에서 나온 마중을
마중하고 있었다

그때 그렇게 가시고 나서도
어머니는 언제나 엄마였다
엄니였다

그해 윤사월 초닷새

북북서쪽에서
연신 눈가루가 날렸다

발치(拔齒)

어머니라고 하면
너무 멀어 보이고
엄마 하면 버릇없어 보여서
입속으로 어무이
입안에서만 엄니

일찌감치 보험 들어놓고도
몇년 몇달을 뭉그적거리다가
죽염 양치로 버텨보다가
더는 안 되겠다 싶어
어금니 뽑으러 가는 날

평생 이 아파하시던
우리 어무이 생각
앞니까지 다 빠진 채로
홀로 저승 가셨는데 행여
저승에서도 잇몸으로 드시나

마취 풀리고 피 멈추고

부기 다 가라앉았는데도
나는 자꾸 내가 싫어져서
저무는 북서쪽 하늘 올려다보면서
없는 어금니 꽉 깨물면서
엄니

대가족

돌아오는 금요일이
아버지 기일
올해로 스물일곱번째
그러고 보니 돌아가시고 나서도
매년 꼬박꼬박 나이를 드신다
살아서 여든 돌아가시고 나서 스물일곱

그러고 보니 죽은 사람에겐
죽은 그날이 두번째 생일이다
죽음이 새로 살기 시작한 첫날이다
살아 있는 우리가 기억한다면
기일은 엄연한 생일이다

아버지가 꼭 그렇다
돌아가시고 나서 더 자주 오신다
당신 제삿날은 물론이고
어머니와 큰형님 큰형수 제삿날
설과 추석에는 며칠 전부터 안방 차지
내 생일 아침에도 큰기침을 하신다

아이들 졸업식에는 물론
친척들 장례식과 결혼식
명퇴 전날에는 회사 앞 단골 술집
어젯밤에는 사나운 꿈자리에까지
아버지 안 가시고 자주 오신다
올해로 백 하고도 일곱 참 오래 사신다

그러고 보니 우리 네 식구
한달에 한번 밥 한끼 같이 먹기 힘든
우리 집은 여전한 대가족이다

남 생각

늘 남 생각

처음 길 나선 초보 운전 같은

모기장 안에 모기 한마리 들어온 것 같은

매번 다른 마음에게 마음을 빼앗기는

매번 초보 초행

매번 남 생각

침묵에서 가장 먼 곳까지

그러면 그렇지 겨울이 옷소매를 놓아주려나보다

이른 아침 겨울의 언 발치에 보슬비 내린다 잔설 듬성듬성한 산등성이 나무들이 극세사 같다 열한시 방향 시야가 조금 흐리다 내륙 산간의 가장 깊은 데를 넘어가는 늦겨울 보슬비다

보슬비는 고요에 간섭하지 않으려는 듯

빗방울을 불리지 않고 소리 없이 소리를 내려놓는다 창문을 열자 미세먼지 같은 한기가 실핏줄 끝까지 스며든다 견딜 만하다 그러고 보니 여기 백두대간 늦골 뒤켠도 입춘 부근이다 고드름 끝이 조금 순해졌다

고요는 밖에 있고 침묵은 여전히 내 안에 있다

그렇다고 침묵이 잘 여무는 것은 아니다 면벽에서 단맛이 나려면 아직 멀었다 나 몰라라 해놓고 투항하듯 기어든 외진 산촌 나의 겨울 한 철은 백묵 같았다 하얀 먹 백묵은 검은 바탕에만 쓸 수 있는 이상한 필기구였다 간혹 고요의 외곽에서 단단해지던 정신은 여지없이 부러지고 시도 때도 없이 습기를 빨아들였다

젖은 눈 쉬지 않고 내리는 밤은 무섭도록 고요했다

습설은 거대한 집음기였다 수제비 같은 눈송이들이 천지
간 소리란 소리를 다 집어삼켰다 그럴수록 내 안이 시끄러
워졌다 나는 소음이고 소음의 확성기였다 하루가 다르게 청
력이 나빠졌다 산촌의 눈 내리는 밤 난청은 침묵의 눈동자
를 쏘아볼 수가 없었다 나는 나의 바깥이었다

밖에서 고요가 빼곡해질수록 내 안의 침묵은 헐거워졌다

침묵을 노려보면서 침묵의 내부로 진입하려다가 매번 실
패했다 침묵은 앙칼졌다 밖에서 고요가 건장해질수록 나는
무너져내렸다 기억이 강박 쪽으로 달려가고 상상이 과대망
상과 뒤엉키기도 했다 세속 도시의 거리들이 능구렁이처럼
몸뚱어리를 휘감았다 함부로 내뱉은 말들이 잠복기가 끝난
병균처럼 기승을 부렸다 그때 기어코 하지 못한 말들이 여
기저기 화농처럼 곪아터졌다

강원도의 견갑골 언저리 홀로 겨울 한 철을 보내면서

내 마음의 음량이 산간 고요의 음량과 같아지기를 원했다

과거로만 쏠리는 상한 마음을 지금 여기로 불러오고 싶었다 죽기 전에 죽고 싶었다 죽기 전에 죽어서 다시 태어나고 싶었다 내가 새로워져서 지금 여기가 길고 넓고 깊어지는 것을 보고 싶었다

　그러면 그렇지 보슬비가 진눈깨비로 바뀌고 있다
　겨울이 아무 일도 없었다는 듯 물러설 리 없다 겨우내 쌓인 눈이 한나절 보슬비에 녹아내릴 턱이 없다 겨울이 며칠 더 머물러도 괜찮다 조급해하지 않기로 한다 병을 고치려면 병이 드는 데 걸린 만큼 시간이 필요하다는 말이 있다 침묵의 중심에서 가장 먼 곳까지 다시 다녀오기로 한다

　그러면 그렇지 이건 아예 투석전이다
　진눈깨비가 열두시 방향에서 들이닥친다 하늘이 급하게 낮아지고 고드름 끝이 다시 빳빳해진다 장작불 괄괄하게 지피고 감자부터 한 솥 쪄내야겠다

물의 백서 3
얼음

초겨울
얼음이 얼기 직전
뒤돌아보는 물처럼

초봄
녹기 직전
자기 앞을 내다보는
얼음처럼

한겨울
얼음 속으로
얼음의 한가운데로
꽝꽝 더 얼어가는
얼음처럼

더 차가워져서
더 딴딴해져서
스스로 터져나가기를
원하는 얼음처럼

제 몸 밖으로
터져나가
으스러지고 싶어하는
녹아 흐르고 싶어하는
얼음 속 언 물처럼

이윽고
가벼워져
구름의 손을 잡는
새벽 물안개처럼
보란 듯이 땅을 버리는
이른 봄 아지랑이처럼

노후

처음처럼, 참, 참이슬? 처음처럼

퇴근길, 지하철 입구에서 우연히 마주친
고등학교 동창 녀석, 이민 간 줄 알았는데
기러기 아빠 삼년째, 지난봄에는
대장을 삼 센티 잘라냈다며 굳이 곱창집이다

길가 쪽 자리, 요즘도 트럼펫 부냐고 물었더니
힘이 부쳐 쳐다보지도 않는다, 녹이 다 슬었겠다
그러면서도 연신 오른손 손가락으로 탁자 모서리를 톡
톡톡
그래, 「지상에서 영원으로」라는 영화 좋아했지
마우스피스만 물고 부부부부 부는 장면
「밤하늘의 트럼펫」이 명곡이지
「예스터데이 원스 모어」도 좋았어

너 시집 나왔다던데, 요즘도 이슬만 먹고 사냐?
이슬만 먹고 산다고? 나는 처음처럼을 이슬처럼 털어넣고
피식 웃었다 그런데 이슬과 참이슬은 어떻게 다른가

그러고 보니 이슬 본 지도 오래다, 이슬
이슬이라고 소리 내 발음해본 지도 참으로 오래

처음처럼 세병째, 처음처럼이라
우리는 처음에서, 그 많던 처음에서 얼마나 멀어진 걸까
그 처음들은 지금 어디에서 홀로 찬 이슬을 맞고 있을까
동창 녀석이 하늘을 올려다본다, 동쪽, 태평양 쪽이다

고향 땅은 그대로 갖고 있냐?
벌써 다 팔았지, 그거 없었으면 애들 유학 못 보냈다
기러기 신세 되고 나면 알코올중독에 우울증이라는데 괜
찮은 거냐?
하루하루 견디는 거지 뭐, 단풍 네번만 보면 정년이다
노후란 말 참 이상하지? 늙은 다음은 죽는 건데
노후 대책이라니, 죽는 대책인데, 도대체 대책이 없다

술기운이 대장까지, 충분히 내려가 있었다
고향 집 지붕에 찬 이슬 내릴 시간
장독대 해바라기가 고개를 푹 수그리고 있을 시간

처음이 처음이었던 그때 거기가 하나씩 떠오르는데
멀리 있던 얼굴들이, 꿈과 각오가 하나하나 나타나려는데
야, 우리는 늙을 수도 없어, 노후에도 일을 해야 하잖아
우리는 늙어 죽을 때까지 일, 일, 일이다
녀석이 스마트폰을 꺼내 미국서 공부한다는 남매 사진을
보여준다

　지하철 끊어질 시간, 우리는 처음처럼을 다 비우고 일어
섰다
비틀, 이 나이에 지하철 타는 우리 같은 놈들은 헛산 거야
휘청, 얀마, 이 나이에 나처럼 종점에 사는 놈도 있어
년 마, 시인이잖아, 시인, 대한민국에서 알아주는 시인
나는 서쪽 종점으로, 녀석은 동북쪽 종점으로
우리는 또 보자는 인사도 나누지 않고 헤어졌다

대학교 로고가 새겨진 야구 잠바를 입은
여대생이 노약자석을 부여잡고 토하고 있었다
창자가 부글거리는 듯했다, 동창 녀석의 한마디가
더부룩한 아랫배를 치고 올라왔다

40

우리는 늙을 수도 없다

늙을 수조차 없는 우리의 노후 대책은 단 하나
절대 늙지 않는 거, 죽을 때까지 절대 죽지 않는 거
죽을 때까지 죽도록 일하다가 결국 혼자 죽어가는 거
그러니까 우리의 죽음은 순직이다, 아무도 거들떠보지 않
는 순직

누군가 어깨를 툭 쳤다, 아저씨, 종점이에요, 종점

밤의 모란

이 희미한
향기는 어쩌면
한낮 아우성의
맨 끝자락일지도 모른다

밤이면
문을 걸어 잠그는
꽃은 한밤중에도
저 혼자 조곤조곤
이야기하는 건지도 모른다

그러므로
꽃 곁에서는
밤의 한가운데라 하더라도
가만히 두 귀를 여는 게

아니 두 눈 지그시 감고
온몸을 활짝 열어놓는 게
도리일지도 모른다

스트라이크

회사 반대쪽으로 가는 버스를 탔다
이십삼년 만에 처음 있는 일이다
등 뒤에서 먼동이 트기 시작했다
스마트폰 전원을 껐다
이대로 가다 기차를 타면 바다가 나오리라
느리게 날카로워지는 능선에 눈길을 주다가
문득 내 이름을 불러보았다
이문재 이문재 이문재
부르면 부를수록 낯설어져서 그만두었다
버스는 마주 오는 차를 모두 비켜가며 달렸다
세상의 아침은 세상의 아침에게만 아침이었다
스마트폰을 껐는데도 내가 켜지지 않았다
다들 내보냈는데도 내가 들어오지 않았다
기차를 두어번 갈아타면 항구까지 가리라

예술가

화가같이 생기셨어요
본관 뒤 작은 연못가 벤치
환자복 차림의 아주머니가 말했다
연못에는 팔뚝만 한 비단잉어들
나는 걸음을 멈추고
화가요?

그러자 옆에 앉아 있던
평상복 차림의 아주머니가 거들었다
멋지게 생기셨어요
쨍한 수면에 동그라미 몇개가 그려졌다
왁자한 매미 소리에 빈틈이 없었다

내가 화가처럼 보인다?
이발소에서 두어번
철학하는 사람 같습니다
교회 근처 커피숍에서 또 두어번
목회 활동 하시나 봐요
그런 소리를 들은 적이 있다

대학병원에서 산책 나온 두분께
덕담 한마디 남기고 돌아섰다
부처 눈에는 부처만 보이는 법이지요
눈부시게 푸르른 늦여름

살고 있는 전셋집 경매 막느라
은행에서 융자 받고 나온 날 오후였다

모래시계

이쯤에서 쓰러지자
이쯤에서 쓰러져서
조금 남겨두기로 하자
당분간 이렇게 쓰러져 있기로 하자

누군가 나를 일으켜 세워
멈춰 있던 자신의 시간을 살릴 수 있도록
자기 시간을 찬찬히 들여다볼 수 있도록
누군가의 아픔이 기쁜 아픔이 될 수 있도록
누군가의 기쁨이 아픈 기쁨이 될 수 있도록

아니다
상체를 완전히 비우고
우두커니 서 있도록 하자
누군가 나를 뒤집어
자신의 새로운 시간과 만날 수 있도록
이렇게 하체의 힘으로
끝끝내 서 있도록 하자

숨을 죽이고
가느다란 허리의 힘으로
꼿꼿이 서서 기다리기로 하자
누군가 나를 뒤집어
누군가의 맨 처음이 시작되도록
누군가의 설레는 맨 앞이 되도록

제 2 부

당신이 찾고 있는 것이 당신을

로마서

행신동성당 설립 20주년
현수막에 작은 글씨

기뻐하는 이와 함께 기뻐하고
우는 이와 함께 우십시오

이천년 전 저쪽
사도 바울이 남긴 말씀
이천년 이쪽에서도
살아 있는 복음이거늘

죽어서 살아 있다
이천년 넘게
죽은 채 살아 있어서

기뻐하는 자들은
기뻐하는 자들끼리 기뻐하고
아픈 자들 또한
아픈 자들끼리 아파하고

아파트

신도시
햇빛마을 24단지

주차장 저쪽에서
17동 경비 아저씨가 큰 소리로 외쳤다

"어이, 16!"

그러자 이쪽
16동 경비 아저씨가 돌아보았다

샘터마을 별빛마을이 가까운
사슴마을은 더 가까운
햇빛마을 24단지

당신이 찾고 있는 것이 당신을 찾고 있다

당신이 찾고 있는 것이
당신을 찾고 있다
루미의 시 한 구절이다

이렇게 바꿔 읽을 수 있겠다
내가 찾고 있는 것이
나를 찾고 있다

내가 찾고 있는 것이
나를 찾고 있다고?
한동안 고개를 갸웃거린다면

당신은 아마
당신이 찾고 있는 것이 무엇인지
모르고 있는 것인지도 모른다
당신을 찾고 있는 것이 무엇인지도
모르고 있다고 봐야 한다

어쩌면 당신이 찾고 있는 것

당신을 찾고 있는 것
둘 다
알려고조차 하지 않았는지 모른다

그렇다면
저 둘을 찾을 때까지
저 둘이 기어코 만날 때까지
되뇌고 되뇌고 또 되뇌어야 한다

메타세쿼이아

당신
당신이 보이지 않을까 싶어
곧추서 있습니다

멀리서
여기가 보이지 않을까 싶어
이렇게 큰 키입니다

혼자서는
견디지 못해 여럿입니다
기다리기 힘들어지면
여럿이서 더 먼 데를 바라봅니다

행여 어두운 밤길에 오르시면
길 밖으로 나가실지도 몰라
이렇게 바투 선 두줄입니다

이토록 높고 길고 나란한 우리는
저마다 온몸이 눈이고 귀입니다

오지 않는 당신 때문에
여럿이면서 하나입니다
하나이면서 여럿입니다

향월암(向月庵)

향월암 가자
여수 앞바다 향일암 말고
탁 트인 바다 앞에서
두 눈 찡그리는 해바라기 말고
무심한 듯 남쪽을 등지고
멀리 내륙의 낮은 데를 바라보는
낮에는 더 낮아지고
저녁에도 두 팔 벌려 기지개 켜는 곳
높지도 크지도 않고 깊지도 않은
느릿느릿 산의 북면(北面)
달 우러르기 괜찮은 거기
향월암으로 가자

월광욕 가자
백사장이나 몽돌 해변 일광욕 말고
옥상이나 테라스에 누워
해에게 다 보여주는 그런 적나라 말고
그윽한 숲이 아니라도 좋다
끝 간 데 없는 초원이 아니라도 좋다
터질 듯 부푼 만월이 아니라도 좋다

내비게이션에 나오지 않는 지도의 바깥
터만 남아 옴팡진 절터로 가자
땅거미가 밀려와야 눈 뜨는
향월암 뒤란이나 일주문 연못 어귀
아니면 사리탑이나 종각 언저리도 좋고
그런 데서 훌러덩훌러덩 벗어버리자
알몸이 되어 알몸으로 벌러덩
난생처음 우리 큰대자로 누워보자
뒤통수로 등으로 엉덩이로 오금으로
종아리로 발뒤꿈치로 따끔거려보자
밤의 땅이 몸의 뒤편을 다 받아준 다음에야
그제야 우리는 달이 보일 것이다
그제야 하늘이 우리를 내려다볼 것이다
늦봄에서 늦가을까지
눈 쌓인 겨울에도 가보자
새싹 올라오는 초봄에도 가보자
달 보기 좋은
달 우러르기 좋은
알몸으로 누워 달 바라기 좋은

느릿느릿 산의 북면
낮에는 찾을 수 없다는 거기
걸어서만 갈 수 있다는 거기
혼자서는 갈 수 없다는 거기
향월암 월광욕 가자

별내

땅 이름이
땅에서 떨어지지 않듯이

경기도 남양주 별내
그 먼 곳

당신이
내 생에서 떨어지지 않듯이

초여름

벚꽃 보러 왔던 사람들
다 어디로 갔나요
꽃 진 자리 자리마다
까맣게 빛나는데

꽃 보고 가신 사람들
다 어디에 있을까요
까맣게 익은 버찌 떨어져
꽃 떨어진 자리 자리마다
다시 까맣게 번지는데

고개 들어 꽃비 맞으시던
두 손 모아 꽃잎 받으시던
까치발로 발아래 꽃잎 피하시던
사진 찍어 급하게 보내시던
그 많던 고운 사람들

사람들은 그렇다고 해도
꽃 진다고 새잎 난다고

봄보다 먼저 떠난 당신
꽃 진 자리 새카맣게 영그는
빛나는 열매는 생각하지 않는
정작 봄의 완성은 외면하는

매번 그랬듯이 앞만 보는 당신
당신은 거기서 무얼 하는 건가요

생일 생각

나만의 생일
혼자만의 생일은 없다
내가 태어난 날 아버지는 처음으로
나의 아버지가 되었고 어머니 또한
그날 처음 내 어머니가 되었다

생일은 자기만의 날이 아니다
동생에게는 형과 누이가 생긴 날이고
형제자매에게 새 형제자매가 생긴 날이다
큰집 작은집 할머니 할아버지도 마찬가지다
그러니 생일은 혼자만의 날이 아니다

친구에게는 친구가 태어난 날이고
선배에게는 후배가 태어난 날이며
선생님에게는 학생이 이웃에게는 이웃이
단골집에는 단골이 태어난 날이다
그러니 누군가의 생일은
다른 누군가에게도 생일이다

그뿐만 아니다 인형에게
개와 고양이에게 어린 주인이 생긴 날이다
공원과 산책로에 천천히 걷는 행인이
오래된 나무 그늘 아래 앉아주는 노인이
책에게는 눈 밝은 독자가 생긴 날이고
깊은 밤 라디오 볼륨을 낮추는 애청자가
누군가에게는 자기를 죽도록 사랑하는 연인이
누군가를 잃고 못내 애달파하는 누군가에게는
함께 촛불을 켜줄 사람이 하나 더 생긴 날이다

그뿐이랴
바람결을 따라 나부끼는 머리카락
노을과 함께 어둑신해지는 마음의 서쪽
밤하늘 별들을 서로 이어주는 그윽한 눈동자
조심스레 땅의 정수리를 밟아주는 두 발
늦은 밤 풀벌레 소리에 귀 기울여주는 두 귀
다른 손을 어루만져주는 손이 생겨난 날이다
누군가에게 그의 거울이 되어주기도 하는
이전에도 없었고 지금도 없으며 앞으로도 없을

단 하나의 얼굴이 새로 생겨난 날이다

어디 그뿐이랴
누군가의 생일이 있어
우리 생일이 생겨난 것이다
우리들 이전의 수많은 생일과 생일
상상조차 할 수 없는 수많은 생일들이
단 한번도 끊이지 않은 것이다
그러니 누군가의 생일은
언제 어디서나 다른 누군가의 생일이다
다른 그 누군가의 생일도 마찬가지다
모든 생일은 생일들이다

가로등

말이 나온 김에
드리는 말씀이지만
가로등은 낮에 잘 보입니다

밤에 보이는 것은
가로등이 아니라
가로등이 내뿜는 불빛입니다
캄캄할수록 가로등이 아니라
가로등 불빛이 더 잘 보입니다

그래서 저는
가로등 디자인이
좋아야 한다고 생각합니다
불이 꺼진 낮에 그러니까
가로등이 가로등이 아닐 때
가로등을 많이들 보니까요

재차 말씀드리지만
가로등의 모습은 낮에 잘 보입니다

천산북로
오래된 기도 2

천산북로
오래된 마을 아낙네들은
사방으로 탁 트인 언덕에 올라
기도를 올린다

마른세수하듯
두 손으로 얼굴을 쓸어내린 다음
두 손을 그릇 모양으로 만들어
그 안에다 대고 소원을 말한다
자기 두 손에다 담는 것이다
그런 다음에야
두 손을 가슴 앞에 모으고
무한천공을 우러른다

남편이 무사히 돌아오게 해주소서
전쟁이 빨리 끝나도록 해주소서
아이들이 탈 없이 잘 자라도록 해주소서
풀이 쑥쑥 잘 자라게 해주소서
양들이 새끼를 많이 낳도록 해주소서

그런 다음
두 손을 펴 기도를 외우고
다시 두 손으로 얼굴을 쓸어내린다
자기 얼굴을 두 손에 가득 담는 기도
오래된 소원을 두 손에 가득 담는 기도
그런 다음 하늘을 우러르는 기도

오래된 소원이 천산북로의 맨 꼭대기다
오래된 기도가 천산북로의 맨 앞이다

풍등(風燈)

저것은 연이다
연실 없는 연
자기 몸을 태우는 불꽃을
연실로 만드는 저것은 연
불의 연이다

저것은 바람이다
제 몸을 태워
스스로 바람을 일으키는
제 몸을 덥혀 스스로 가벼워지는
저것은 소신공양이다

저것은 별
지상에서 올라가는
마음이 올려 보내는 마음의 별
마음으로부터 멀어질수록
마음이 더 환해지는 별이다

저것은 소진이다

제 몸을 다 태워야
가장 높이 날아오르는
가장 높이 날아올라
제 몸을 불살라버리는
저것은 가장 높은 자진이다
승화다

아침 이슬이
유난히 차고 맑은 까닭이다

연등 축제

등나무 그늘 아래
누워 등꽃을 본다
하얗게 피어난 등꽃을 올려다본다
오월 한낮

오월 한가운데
이렇게 오래 등꽃에다 눈길 주는 까닭은
등꽃이 애써 태양을 외면하기 때문
굳이 대낮에 등을 밝히기 때문

봄꽃들 다투어 하늘 바라볼 때
봄꽃들 뒤질세라 태양과 눈을 맞출 때
등나무 그늘에 매달린 하얀 등꽃
땅을 향해 피어난다

등나무 그늘 아래
가지런히 누워 있다보면
저게 꽃의 고드름 아닌가 생각하다가
아니지, 풍등 같다는 생각

땅을 향해 떨어져내리는
수천수만의 풍등 같다는 생각

그러다보면 등꽃 향기에 취해
오월 한낮이 새카매지고
가까운 지구 밖 어디선가는
내가 이렇게 누워 있는 이 땅이
하늘의 끝, 천장일 수도 있겠거니 하다가

아니지, 모든 나무의 하늘은
여기 땅이 마땅할 수도 있겠거니 하는 생각
아니지, 등나무가 땅속에서 수고하는
모든 뿌리를 위해 걸어놓는
연등일 수도 있겠거니 하는 생각

낙엽송

한겨울
설악 북쪽 사면
사흘째 대설경보

하늘이 내려온다
쉬지 않고 내려온다
쉬지 않고 다 내려온다

낙엽송은 꼿꼿하다
감자만 한 눈발을 바라보면
낙엽송이 하늘로 치솟는 듯하다
한겨울 낙엽송은 화살촉이다
가지며 우듬지 다 비어 있다

소나무는 하얗게 질려 있다
푸른 침엽 가지마다
젖은 눈 가득가득
가지가 많을수록
나무가 클수록 죽을 맛이다

입춘 우수 사이
대설경보 나흘째
백두대간 백색 산록 금강송
우지끈 제 가지를 내려놓는다
우지끈 뿌리까지 번개가 친다

눈발을 받아내며
낙엽송 가만히 서 있다
가만히 제자리에 서서
하늘로 치솟는다

달의 백서 1
그래서 달은 둥글어진다

지금 저기
저 높은 곳에서
얼마나 많은 눈빛이
만나고 있는 것인가

지금 여기
얼마나 많은 꿈이
얼마나 많은 안부가 안타까움이
저 달을 향하고 있는가

지금 한밤인 곳곳은
저마다 밤의 한가운데
지금 하늘 밝은 곳을 올려다보는
곳곳의 한밤의 중심은
저마다 얼마나 어두운 것인가

얼마나 많은 어두운 곳에서
얼마나 많은 오래된 기도가
저 달을 향해 올라가는 것인가

지상의 아픈 마음들 다 받아내는
저 달은 그래서 둥글어지는 것인가
그래서 저토록 둥글고 밝은 것인가

약간의 마법이 스며 있는 평범한 이야기*

너는 죽음이다
너만이 우리를 튼튼하게 만든다
노발리스가 한 말이다

우리는 삶이다
우리가 우리 삶을 허약하게 만든다
오늘 아침 문득 떠오른 말이다

우리 삶이
우리의 죽음을 튼튼하게 만들지 못해서 그렇다
우리의 죽음이
우리 삶을 튼튼하게 만들지 못해서 그렇다

삶이여 삶인 것이여
죽음의 손을 부여잡을 일이다
죽음이여 죽음인 것이여
언제 어디서나 삶과 어깨동무할 일이다

매일 밤 함께 잠들고

매일 아침 함께 일어날 일이다
매일 낮 함께 하늘을 우러르고
매일 저녁 함께 어두워질 일이다

삶에게는 죽음이 필요하다
죽음에게도 삶이 필요하다
죽음에게도 죽음이 필요하다
모든 삶에게 삶이 더 많아야 하는 것처럼
모든 죽음에게도 죽음이 더 많아야 한다

그래야 우리 삶이 더
그래야 우리의 죽음이 더

* 앤디 메리필드 『마술적 마르크스주의』(책읽는수요일 2013)에 나
  오는 글귀를 약간 변형한 것이다.

유모차

유모차에
유모가 없다
아기도 없다

기역 자로 굽은
할머니가 밀고 가는
낡은 유모차
겨우 굴러가는 유모차

옹알옹알 아기 대신
젖 잘 나오는 유모 대신
할머니가 온종일
유모차에 태우고 다니는 건
종이박스 폐휴지 소주병 맥주병
박카스병 활명수병 생수병

반지하 독거노인에겐
유모차가 전재산
손자 손녀 없는 유모차가

곁에 남은 유일한 피붙이

유모차
손 놓으면
거기가

이웃에게 말 거는 법

바닥에 앉아
바닥에 쪼그려 앉아
양손을 앞으로
쭈쭈쭈쭈

그러면
강아지 개 다 꼬리 내리고
온다 골든리트리버 커피푸들
시베리안허스키 시추 슈나우저
스피츠 해피 대추 녹두 머루 봄비
손바닥 하늘로 쭈쭈쭈

잘생겼네요
손 아니 왼손 그렇지 앞발
아유 귀여워라 우리 집도
강아지 두마리 키워요 푸들
그러다가 개 사돈
강아지 사주팔자 개 한의원
유기농 순식물성 천연사료

유모차 지나가고
택배 아저씨 다녀가시고
오늘도 아침에 나온 집 못 찾으시는
앞 동 함경도 북청 출신 호호 할머니
놀이터에 앉아 아침 바람
찬 바람에 양손 흔드시며
엽서 한장 써주세요

또 하나의 가족

누구에게나 가족이 있다
어느 집에나 가족이 있다
또 하나의 가족이 있다

텔레비전 냉장고 세탁기
청소기 전자레인지 카메라 오디오
컴퓨터 노트북 태블릿PC
그리고 스마트폰 스마트폰
또 하나의 가족이 가족보다 많다

가족이 다른 가족보다
또 하나의 가족을 좋아할 때가 더 많다
가족이 다른 가족보다
또 하나의 가족과 지낼 때가 더 많다

가족 중 누가 탈이 났을 때보다
또 하나의 가족 중에 문제가 생겼을 때
더 빨리 알아차린다
즉시 애프터서비스를 부르거나

서비스센터로 달려간다

어디에나 또 누구에게나
또 하나의 가족이 있다
옥탑방 반지하 고시원 오피스텔
독거노인 1인가구 병실 요양원
노숙자에게도 또 하나의 가족이 있다
유럽 아메리카 아프리카 유라시아
동남아 서남아 중동 북극에도 다 있다

또 하나의 가족이
진짜 가족이 되었다
우리는 또 하나의 가족이 없으면
단 하루도 살지 못하는 가족이 되었다

가족이 자꾸 늘어나서 그런지
우리는 또 하나의 가족을 양산하는
또다른 가족은 생각조차 하지 않게 되었다

공동주택

지난 주말
새로 이사 온 101호
낡은 방범창 다 떼어내고
새로 해 달았다

엊그제
새 방범창을 타고
201호에 도둑이 들었다고 한다

고독사

눈이 오시려나
노인은 굽은 허리에 양손을 대고 한껏 날 선 능선을 바라
본다
촘촘한 침엽수들이 잘 발라낸 생선 가시 같다
올려다보는 것이지만 뒤돌아보는 자세
햇살이 기우는 만큼 바람이 한칸 더 습해지고
휴대전화가 터지지 않는 안골에서도 골 끝 꼭대기 집

성긴 눈발이 날리기 시작한다
아궁이에 솔가지 가득 집어넣었는지 굴뚝 연기가 푸짐
하다
안골 안쪽으로 솔가지 타는 냄새가 번져나간다
새끼 노루 쫓는 발걸음처럼 어둠이 잰걸음으로 골 안으로
들어선다
시린 눈 냄새가 타다닥 불 냄새를 와락 껴안는다
눈이 와서 사각사각 쌓이는 산골이 새하얗게 어두워진다

식은 밥 더운물에 말아 백김치 얹어 먹는 밤
대설주의보가 산맥의 동서로 길게 드리워진 밤

툇마루 바로 앞에서 길이 끊기는 밤
전신주가 띄엄띄엄 지워지는 길을 표시하는 밤
부엉이가 동그란 눈을 더 동그랗게 뜨는 밤
옹달샘이 얼지 않으려 밤새 퐁퐁 물방울을 솟구치는 밤
은하수가 눈구름 위에 내려앉아 눈구름이 무거워지는 밤

처마 끝 고드름이 추위에 져 일순 숨을 멈추는 밤
노인은 팔순 나이를 윗목으로 개켜놓고
오늘 밤에도 나달나달해진 세계지도를 펼친다
경원선 타고 의정부 철원 지나 금강산 원산 함흥 청진
나진
두만강에서 왼쪽으로 꺾어 지린 창춘 하얼빈 하바롭스크
치타 이르쿠츠크
바이칼에서 한 달포 말을 살찌우다 대초원을 가로질러 천
산산맥 천산북로
청년은 말발굽을 새로 갈고 그래 초봄까지 흑해 넘어 코
카서스 삼국까지
거기서 아이 두엇 낳고 살다가 천리마 한마리 챙겨서

그렇지 이스탄불 이스탄불로

늙은 금강송 한그루 눈을 못 이겨 우지끈 제 가지 하나를 잃는 밤

삼십대로 돌아간 노인은 세계지도에서 나올 생각을 하지 않는다

보스포루스해협에서 서양 쪽으로 지는 붉은 해를 하염없이 바라보고 있다

안전지

안전지
현관을 나설 때마다
중얼거리는 안전지 안전지
안경 전화기 지갑

일을 마치면서도 안전지
미간 사이 안경테 있나 만져보고
오른쪽 뒷주머니에 전화기는 있는지
왼쪽 앞가슴에 지갑은 무사한지

찻집에서 술집에서
일어설 때도 안전지
버스 지하철 승용차에서 내릴 때도
안전지 안전지

이렇게 깜빡깜빡하다가
언젠가 이승을 떠날 터인데
그때 나는 또 뭘 챙기려고
중얼중얼 허둥댈지

앞뒤 두리번거릴지

황금률

가출한 지
사흘째 되던 날
고시원에서 만난 친구가 말했다

나 고아야
너처럼 불효 한번 해봤으면
원이 없겠다

지슬*

그 이듬해
섬에 감자 풍년이 들었으나
섬사람들은 감자를 먹지 않았다

뒤늦게 수습한
돌무덤들 잘 보이지 않았다
웃자란 하지감자밭에 가려져 있었다

멧돼지들이
알이 굵은 감자를 먹고
퉁퉁 살이 올라 있었다

그해 겨울
섬사람 중에 몇몇은
멧돼지 꿀꿀거리는 소리만 들려도
까무라치곤 했다

* 제주말로 '감자'다. 제주 4·3을 다룬 독립영화 제목이기도 하다.

녹슬었다

고장이 났다
안쪽에 녹이 잔뜩 슬었다
연결 부위가 다 뻑뻑해졌다
눈도 어두침침하고
호흡도 많이 샌다
무엇보다 다른 사람을 알아보지 못한다

탈이 난 것이다
몸과 마음이 따로 놀고
기억력이 상상력으로 승화되지 않으며
감정을 이입하지 못하고
무엇보다 자존감
자신감이 현저하게 떨어졌다

탈진한 것이다
돈에 눈이 어두워진 것이다
이념의 껍데기에 걸려 넘어진 것이다
무기력이 분노를 부둥켜안지 않아서
기억이 미래를 움켜쥐지 않아서 탈이 난 것이다

꿈이 따뜻한 이야기를 빚어내지 못해서
우리가 좋은 장소를 만들어내지 못해서
녹슬어버린 것이다

너 민주주의 말이다

아니다
고장나 녹이 슨 것은
자신 있게 속물이 된 우리들이다
탈이 났는데도 아프지 않은 우리 개인들
경제적으로 성난 동물이 된 우리 소비자들
세련되게 나약해진 우리 혈기왕성한 괴물들이다

고맙다

시동을 켜자
바로 내비게이션이 들어온다
하늘에 떠 있는 인공위성 열세대가
길을 일러준다
홋카이도 상공에 두대
멀리 고비사막과 터키 상공에도
인공위성이 몇대 더 떠 있다고 한다

고마워라

여자 성우가 좌회전하란다
과속방지턱이 연이어 나타난단다
목적지까지 149킬로미터 세시간 십삼분 걸린단다
실시간 교통정보란다
도계를 넘자 경상도 사투리로 바뀐다

고마우셔라

우리는 저승 가는 길에도

내비게이션이 필요할 것이다
천국과 지옥 상공에도
새카맣게 인공위성이 떠 있을 것이다
우리 저승 가는 길에도
무선 인터넷 서비스가 제공될 것이다
문자메시지는 아마 무료일 것이다

증강현실

뛰지 말라
전파를 더 많이 맞는다

가만히 서 있지 말라
몸에 부딪쳐 부서지는 전파가
무릎까지 쌓인다

걸어다니지 말라
옷이 전파에 절어 너덜너덜해진다
살갗이 전파에 맞아 시퍼렇게 멍든다

숨 쉬지 말라
전파가 허파꽈리에 가득 차 딱딱해진다
눈 뜨지 말라 망막 안쪽이 긁힌다

전파 전파 전파가 쏟아진다
위아래 앞뒤 왼쪽 오른쪽 전방위에서
초강력 전파가 쉬지 않고 달려든다

폭풍처럼 폭우처럼 폭설처럼
쓰나미처럼 화산처럼 지진처럼 눈사태처럼
정전처럼 감전처럼 단전처럼 누전처럼
신종플루처럼 광우병처럼 조류독감처럼 구제역처럼
전파가 지구를 뒤덮고 있다

옷을 털지 말라
전파 부스러기 떨어진다
물로 씻지도 말라
전파가 몸을 관통하고 있다
실제 상황이다

손 단속

손은 어디 소속인가
내 몸에 붙어 있는
이 두 손은
대체 누구의 것인가

잠시 한눈파는 사이
스마트폰이 또
손을 훔쳐갔다
손이 나를 떠났다

모든 중독은 손의 중독
볼 수도 없고 만질 수도 없는
마음의 그림자 쫓아다니기 전에
손이 어디서 무엇을 하고 있는지
매번 챙길 일이다

마음 떠난 손
마음이 놓친 손
마음도 모르게 빼앗긴 손

두 손부터 단속할 일이다

천오백년 전
베네딕트수도원 수사들처럼
십오분마다 마음을 챙길 일이다
손의 소속을 분명히 할 일이다

쉬운 것들

입술에 묻은 것은
입속으로 들어가기 쉽다
손 가까이에 있는 것은
주머니로 들어가기 쉽다
눈에 보이지 않는 것은
없는 것이라고 생각하기 쉽다
지금 머릿속에 떠오르는 것은
대개 어제 떠올랐던 것이고
내일도 또 떠오를 것이다
멀리 있는 것들
바깥에 있는 것들이여
높이 있는 것들
뒤에 옆에 아래 있는 것들이여
안으로 들어가
안에 있는 것들이여
보이지 않아서 보이는 것들
보여서 보이지 않는 것들이여
쉬운 것들이 어려워지고
어려운 것들이 쉬워질 때까지

손을 다시 보자
입과 귀와 눈
머릿속을 다시 보자
몸을 보고 또 보자
쉬운 것들이 쉬워질 때까지

오래 만진 슬픔

이 슬픔은 오래 만졌다
지갑처럼 가슴에 지니고 다녀
따뜻하기까지 하다
제자리에 다 들어가 있다

이 불행 또한 오래되었다
반지처럼 손가락에 끼고 있어
어떤 때에는 표정이 있는 듯하다
반짝일 때도 있다

손때가 묻으면
낯선 것들 불편한 것들도
남의 것들 멀리 있는 것들도 다 내 것
문밖에 벗어놓은 구두가 내 것이듯

갑자기 찾아온
이 고통도 오래 매만져야겠다
주머니에 넣고 손에 익을 때까지
각진 모서리 닳아 없어질 때까지

그리하여 마음 안에 한 자리 차지할 때까지
이 괴로움 오래 다듬어야겠다

그렇지 아니한가
우리를 힘들게 한 것들이
우리의 힘을 빠지게 한 것들이
어느덧 우리의 힘이 되지 않았는가

백서 3
우리는 누구였던가

스마트폰 스물두대가 앉아 있다
이른 새벽 종점에서 출발하는 첫차
안개 입자가 어제보다 더 미세해지고
영하의 기온은 서북부까지 치고 올라갔다
지상을 떠나 왼쪽으로 크게 커브를 그린 다음
바로 지하로 진입한다

첫차는 다음 역에서도 첫차
스마트폰 열여덟대가 켜져 있다
두대는 졸고 두대는 아예 고개가 꺾였다
네대는 아직 오늘이 아니다
네 사람은 버려진 것이다
지하에서 지하를 향해 달린다

시가 박혀 있는 문이 열린다
신용카드 증권카드 체크카드 할인카드 교통카드
수백장이 올라탄다 성급하게
스마트폰 옆에 앉아 스마트폰을 꺼낸다
얼굴은 있는데 표정이 없다

그렇게 하지 않으면 천벌이라도 받는 듯
저마다 스마트폰을 들여다본다
손거울을 보는 것 같기도 하고
상사에게 보고서를 올리는 것 같기도 하다
지표 아래로 나무뿌리 아래로
충분하게 내려와 있다

지상으로 올라가기 위해 지하를 달린다
주민등록증 오십여장이 타고 내린다
즉석복권 칠백여장이 타고 내린다
약속 날짜를 이틀 어긴 채무가 놀란 듯 잠에서 깬다
두리번거리다가 다시 눈을 붙인다
어제 사장실 문 앞에서 끝내 돌아선 사표가
전처에게 문자를 보낸다 아이들은 잘 지내지?

토플 삼천칠백점이 줄을 서 있다
이력서 자기소개서 오백장이 차단 유리벽에
붙어 있는 시를 읽고 있다
종소리를 더 멀리 내보내기 위해

종은 더 아파야 한다? 오래된 입사지원서가
쓰게 웃는다 이보다 더 아파야 한다고?
스펙 일곱뭉치가 안전선 밖으로 물러난다

기러기들일 것이다
한번 기러기는 대개 영원한 기러기가 된다
헬리콥터 맘은 아니지만 마음만은 스텔스 맘
월봉 팔십팔만원은 아버지 유산만 생각할 것이다
앞에 서 있는 여자 머릿결에서 나는 샴푸 냄새
그때 그 사람이 떠올라 몸서리를 칠 것이다
분노가 되지 못한 원한은 무릎이 시리고
일과 일 사이에 놀이가 없는 일주일은
여전히 비타민이 부족하다

광고판이 인디언 기우제를 소개하며
긍정해야 행복해진다고
현재를 살아야 진정 존재하는 것이라고
절대 용기를 잃지 말라고 한다
스마트폰들이 스마트한 뉴스와 정보

지식과 오락을 제공한다 사회 정보망 서비스가
사회를 듬뿍듬뿍 가져다준다

강바닥 아래를 건너 도심의 맨 아래 역
병원비 보험료 자동차세 월세 권리금 보증금이
쫓겨나듯 내린다 쫓아가듯 달려간다
지상과 똑같은 지하의 아침 8시 40분
스마트폰 수백대가 한꺼번에 내린다
스마트폰 두대가 두 사람을 버린다
두 사람은 오늘 반쯤 죽었다

또 하루가 시작되었다
어제 같은 오늘 내일 같은 오늘이다
이제는 실버폰 차례다
한시간 뒤부터는 암보험 상조회들이 탄다

존엄의 사생활

북의 최고 존엄은
남의 대중가요를 좋아했다 한다
바람 속으로 걸어갔어요
「그 겨울의 찻집」
근자에는 「총 맞은 것처럼」

남의 최고 권력은
관저 근처 안가에서
시바스리갈에 엔카
만주 벌판 말달리며 부르던
일본 군가도 좋아했다 한다

어린 시절
새벽종이 울려야
새 아침이 밝아오던 우리는
애 어른 할 것 없이
증산하고 수출하고 건설하던
우리는

오늘도 코가 삐뚤어져
나 태어난 이 강산에
「늙은 군인의 노래」 부르다가
서로 어깨 겯고 갈지자로 비칠비칠
사랑도 명예도 이름도 남김없이
한평생

저 너머 내 또래
새벽별 보기 운동 하던 저쪽
일구오구년생 돼지띠들 한평생은
굳이 궁금해하지 않기로 한다

한평생 나가자던 우리도
엄연한 존엄이라 했던 우리들은
오늘도 벌게진 두 눈 끔벅끔벅 치뜨며
저마다 집으로 간다 새벽이면
또 기어나와야 하는 집으로 간다

대동강 247킬로미터
아주 낯선 낯익은 이야기

1·4 후퇴 때 내려온
평양고보 동창생 예닐곱
한달에 한번 을지로
우래옥에서 만나 냉면에 찬 소주

그날따라
대동강 을밀대 물놀이
고보 시절 얘기가 뜨거워져
논어 도덕경 통달한 호주 신부님
경평축구 내리 세 골 넣은 신의주 친구
상트페테르부르크 유학 간 선배 얘기
이날도 재탕 삼탕

삼십여년 전 평양 시절로
돌아가셨다가 글쎄
다시 서울로 돌아오시기가
영 싫으셨는지 니북 아바디들
내래 내래 하며 온반에다 소주 한병 더

그중 한 성질 하시는 아바디
한강 건너 집에 가시려고
택시에 오르셨는데
저런, 새파란 기사 양반한테
대동강 대동강 가자우 하셨다가
마포서 대공과까지 끌려가셨다는

박통 시절
그렇고 그런 이야기

활발한 독거들의 사회

1인가구라고 하지 말자
1인가구라고 하면 사람이 사라진다
인구에서 인간이, 국민소득에서 국민이 안 보이는 것처럼
1인의 사람도 안 보이고 하나의 가구도 안 보인다

독거청년이라고 하자
1인가구 대신 혼자 사는 젊은이, 독거청년이라고 부르자
독거가 곳곳에 있다 가족과 함께 살든, 학교에 다니든
군대에 갔다 왔든, 지금 군대에 있든, 가야 하든

정규직이든 비정규직이든, 미혼이든 비혼이든
아니 결혼을 했다 하더라도 도처에 독거청년이 있다
언제 어디서나 수시로 잠깐씩 독거하는 청년도 있다
독거가 훨씬 편안한 서른을 훌쩍 넘긴 남녀도 있다

그런데 독거라고 해서 혼자 사는 것이 아니다
독거에게도 동거가 있다
스마트폰하고만 살거나 스마트폰에다 개 한마리
아니 애완, 아니 반려동물이라고 불러야 한다고 한다

그럼 이제 스마트폰도 단순한 제품이 아니다
스마트폰도 어엿한 반려, 반려 상품이다

스마트폰 가입자 삼천만, 반려동물 일천만 시대
독거에게도 애틋한 엄연한 가족이 있는 것이다
독거는 반려 상품, 반려동물과 함께 사는 것이다
독거청년은 결코 혼자 사는 게 아니다
그래서 가끔 거룩해 보일 때가 있다

독거와 독거가 거대한 사회를 이루고 있다
아무도 거들떠보지 않는 1인 시위처럼
아무에게도 관심 갖지 않는 개인주의자처럼
아무에게도 손 내밀지 않는 완전주의자처럼
지금 여기, 독거와 독거가 활발하게 독거하고 있다

사람

사람과 사람 사이에 섬이 있었다
한때 다들 그 섬에 가고 싶어했다
하지만 그 섬에 가본 사람이 없었다
애초에 섬이 없었던 것인지도 모른다

그 사이 다른 것이 들어섰다
사람과 사람 사이에 스마트폰이 있었다
아니 사람과 사람 사이에
스마트폰이 있지 않았다
스마트폰과 스마트폰 사이에
사람이 있었다 아니
스마트폰 안에 사람이 들어가 있었다

다시 땅끝에 가서 보았다
섬과 섬 사이에 바다가 있었다
섬과 섬 사이에 섬이 있었다
그러고 보니 새삼스럽게 다시 보였다
사람과 사람 사이에 하늘이 있었다
사람과 사람 사이에 땅이 있었다

사람과 사람 사이에 사람이 있었다
사람 안에도 사람이 있었다

그 사람에게 가고 싶었다

마음의 바깥

수덕사로 글 쓰러 간 친구 연락 없다
속리산에서 소 키운다는 후배
강화도에서 자연농법 하신다는 선생님
히말라야 하이웨이에서 엽서를 띄운 옛 애인
다들 본 지 오래

눈꺼풀 들어올리는 일도
다 중력을 이기는 일
내가 저 검은 바위 속으로
빨려들어가지 않는 것도
인력에 지지 않는 것

저기 저 멀고 높은 산정
만년설에 파이프를 대고
한모금 시린 마음을 그리워하는데
지금 무거운 중력
여기 이 팽팽한 인력

초저녁 초사흘 달

태양을 건너다보기 위해
한껏 고개를 늘여 빼고 있다
마음의 한켠이다

농업

한여름 땡볕
양깃말 삼촌은
비닐하우스 안에서
숨이 턱턱 막힐 지경이었다

홀아비살림 이십년 만에
적도 부근에서 데려온
까무잡잡 키 작은 어린 아내
집 나간 지 이태째

도망치듯
비닐하우스에서 나와
장화를 벗으면
주르륵 물이 흘러나왔다
삼촌이 흘린 땀이었다

상추 쪽파 부추 얼갈이
그해 봄에서 여름까지
비닐하우스 갈아엎기를 네댓번

몇 년 새 쌓인 빚이
집채보다 높아졌다

그해 여름
폭염주의보가 경보로 바뀐 날
양짓말 늙은 삼촌은
비닐하우스에서 나오자마자
제초제를 병째 들이켰다고 한다
벌컥벌컥 들이마셨다고 한다

제 3 부

끝이 시작되었다

지구 생각

소가 제 꼬리를 휘둘러 쇠파리를 쫓는다

물에서 나온 개가 부르르 몸서리치며 물방울을 털어낸다

아토피에 걸린 어린아이가 밤새도록 제 살을 긁는다

지구가 무서운 속도로 자전하는 까닭을 알겠다

하루도 거르지 않고 일광욕하는 이유를 알겠다

피부병이 도져서 그러는 것이다

제 살갗에 들러붙은 것들을 떼어버리려는 것이다

태양광의 힘으로 소독하려는 것이다

소로의 오두막

월든 호숫가
헨리 데이비드 소로의 오두막에는
의자가 세개 있었다고 합니다

친구가 찾아오면 의자 두개를 마주 놓고
나그네들이 오면 의자 세개를 다 내놓았다고 합니다
홀로 고독을 즐길 때는 의자가 하나만 필요했겠지요

미루어 짐작건대
소로가 혼자 앉아 있을 때에도
의자 두개가 비어 있지는 않았을 것 같습니다

월든 호숫가 숲속
소로가 혼자 들어가 손수 짓고 살던
한칸 오두막에는 침대 하나에 책상 하나
그리고 의자가 세개 있었다고 합니다

남향(南向)

그때는 그 사람이 남쪽이었습니다
그때는 그 한 문장이 정남향이었습니다
덕분에 한 시절 잘 살아낼 수 있었습니다

봄이 이듬해 봄 만나기를 서른몇차례
많은 시대가 한꺼번에 왔다가 사라졌습니다
오래된 미래는 더 오래가 되었고
온다던 미래는 순식간에 지나가버렸습니다

꽃 진 자리에서 하늘을 보며 생각합니다
나는 지금 누구에게 남쪽일 수 있을까요
우리들은 어느 생에게 정남진일 수 있을까요

그때는 여기저기 남쪽이 많았습니다
더불어 함께 남쪽을 바라보던
착하되 강하고 예민하되 늠름한 벗들이
도처에서 서로 부둥켜안고 그랬습니다

남쪽은 저기 여전히 맑고 푸르러 드높은데

이 겨울이 봄 여름 가을을 건너뛰어
다음의 긴 겨울을 만나고 있습니다
처음 같은 마지막처럼

두번째 생일

아기가 태어나는 걸 보면
아기가 유괴당하는 것 같다
앤디 워홀이 남긴 말이다

그렇다면 부모는 유괴범이다
사회가 유괴 현장이다
우리 모두가 공범이다

그렇다면 우리 존재의 뿌리
우리 삶과 꿈의 뿌리는
과거가 아니라 미래에 있어야 한다
우리 뿌리가 범죄에 있을 리 없다

우리 스스로 두번째 생일
두번째 이름을 만들어야 한다
우리의 모든 첫번째 생일과 이름은
유괴범이 지어준 것 아닌가
그렇다면 생일과 이름을 버려야 한다

이 얼마나 반가운 일인가
우리 생의 뿌리는 미래에 있다
저 칙칙한 과거가 아니라 미래에 있다
그렇다면 미래에서 돌아보자

미래로 가서 지금 여기를 뒤돌아보자
두번째 생일인 오늘을
두번째 생일 아침에 지은
우리의 새 이름을

풍향계

언제나
바람의 얼굴과 정면한다
바람의 눈동자를 뚫어져라 응시한다
풍향계는
바람의 대열과 가장 강하게 부딪치면서
바람의 속살을 예리하게 갈라낸다

풍향계는
움직이면 안 된다
언제나 꼿꼿하게 서 있어야 한다
언제나 수직하고 있어야 한다
달려오는 바람과 눈높이를 맞춰야 한다
풍향계는 자기 자리에서 꼼짝 않고
곧추선 힘으로 언제나 풍향계다

풍향계가
한눈을 파는 순간
바람과의 눈싸움에서 지는 순간
유연성을 잃어버리고

자기 고집을 피우는 순간
수직을 버리고 한쪽으로 기우뚱하는 순간
땅에 뿌리박은 자기 자리에서 벗어나는 순간
풍향계는 바람의 역사를 놓친다

지구의 말

성인(聖人)은 귀가 커서
성인이라는데
다른 이의 말을 잘 들어서
성인이라는데

성인이라면
어디 사람 말만 듣겠는가
하늘땅은 물론 푸나무 짐승 바이러스
심지어 기계가 하는 말까지 다 들릴 터

나는 성인은커녕
성인(成人)조차 못 되어 여태껏
부끄럽고 안타깝고 아파해왔는데
이순(耳順) 지나 이윽고
외롭고 높고 고요한 이 한밤중
작은 귀 몸보다 크게 열리니
어디선가 들려오는 뜨거운 말 한마디

땅이 죽었다고 생각해보자, 우리

땅이 사라졌다고 생각해보자, 우리

어제보다 조금 더*

어제보다 더 젊어질 수는 없어도
어제보다 조금 더 건강해질 수는 있다

어제보다 더 많이 가질 수는 없어도
어제보다 조금 더 나눌 수는 있다

어제보다 더 강해질 수는 없어도
어제보다 더 지혜로울 수는 있다

어제보다 더 가까이 갈 수는 없어도
어제보다 조금 더 생각할 수는 있다

어제보다 조금 더
어제보다 조금만 더

* 대니얼 고틀립 『샘에게 보내는 편지』(문학동네 2007)에 나오는
  글귀다.

불경

나무가
말을 하지 않는 이유는
우리가 말을 걸지 않기 때문이다

아니다
나무는 늘 말을 하고 있는데
우리가 듣지 못하는 것이다
들으려 하지 않는 것이다

돌인들
그러하지 않으랴
하늘과 땅 천지간 모두들
말로도 모자라 손짓 발짓 다 하고 있거늘

우리는, 아니 우리가

구글어스

구글어스 안 들어간다
아무리 가고 싶어도
가기 전에 아무리 보고 싶어도
하늘에서 내려다보고 싶진 않다
순례자들의 정수리, 오체투지의 척추
야크의 잔등, 만년설의 맨 아래 발치
감히 내려다보고 싶지 않다

지도 볼 때는 몰랐던 것
여행기 뒤적일 때, 항공사진 볼 때만 해도
차마고도 다큐멘터리를 볼 때만 해도 못 느꼈던 것
가고 싶은 곳, 죽기 전에 다시 가보고 싶은 곳
구글어스 검색하다가 알았다

청두 샤오진 단바 다오푸 창두 나취 라싸
다시 라싸에서 린즈 보미 망캉 리탕 캉딩 야안
천장북로 천장남로 천장공로는 아직 못 가보고
쿤밍에서 다리 리장까지는 다녀왔는데
차마고도 초입까지는 갔다 왔는데

옥룡설산 너머 샹그릴라부터는 가지 않은 미래

티베트는 물론 신장 아프가니스탄
이스라엘 시리아 리비아 크림반도
베네수엘라 중앙아프리카 워싱턴 런던 베이징
평양 두바이 민다나오 후쿠시마 남극……
구글어스 안 들어간다

구글어스 검색하는 내 오른손이
급강하하는 전투기 조종사 오른손과 다르지 않아서
충혈된 내 두 눈이 수천 킬로미터 떨어진
중앙지휘통제센터 야간 당직자 두 눈동자와
크게 다르지 않은 것 같아서

1인 시위

아마존 정글 속 나비 한마리 날갯짓이
카리브해 연안에 허리케인을 일으킨다는
나비효과 이야기 들을 때마다
나비가 1인 시위 원조라는 생각이 든다

한밤중에 구글어스 들어가 생각느니
어제 오후 턱뼈가 빠질 뻔했던 내 하품은
나비 날갯짓에 견주면 수백배 더 큰 파동이었을 텐데
그간 내가 떠벌린 말들 여기저기 써 갈긴 글들
나비 한마리 날갯짓에 비하면
수천만배 더 거대한 에너지였을 터인데

급상승 급강하 전후좌우 동서남북
구글어스 들어가 생각느니
이런 나비가 너무 많았구나
곳곳에 나비가 너무 많아서 문제였구나
눈짓 손짓 발짓은 물론이거니와
꿈과 희망 주의 주장이 너무 많았구나
나비가 아니고 온통 나비 날갯짓

하루하루 여기저기 1인 시위였구나

1인의 시위만 있고 1인의 삶은 없었구나
1인들의 시위만 있고 1인들의 사회는 없었구나

천국의 묵시록

간밤 꿈에 후쿠시마가 찾아왔다
일본의 복된 섬 복도(福島) 후쿠시마가 내게 물었다

천국과 지옥에 동시에 있는 것은?
꿈속에서 내가 답했다
신이야 지옥에 안 계실 테고 악마는 천국에 살지 못할 터
그렇다면 인간 아닌가

동아시아의 복된 섬 복도 후쿠시마가 말했다
천국과 지옥에 인간 말고 또 있는 것이 있다
천국에도 있고 지옥에도 있는 것은 단 두가지
인간과 방사능 물질이다

인류의 복된 섬 복도 후쿠시마가 또 물어왔다
천국과 지옥에 마지막까지 남아 있는 것은?

지구의 복된 섬 복도 후쿠시마가 혼잣말을 했다
천국에는 신 지옥에는 악마
그리고 천국과 지옥에는 방사능 물질

태양계의 복된 섬 복도 후쿠시마가 중얼거렸다
천국에서 신이 사라진 뒤에도
우라늄 238 반감기 사십오억년
오늘 현재 지구 나이 사십오억년

끝이 시작되었다*

끝이 시작되었다
춤을 추자 관을 들쳐 메고
춤추는 아프리카 청년들처럼

춤을 추자
낡은 것이 가고 있다
낡은 것이 잘 갈 수 있도록
다시 돌아오지 않도록 흥겹게
노래하고 춤추자 우리 함께 배웅하자

드디어 끝이 시작되었다
서로 손을 잡고 끝의 시작을 바로 보자
낡은 것은 가고 있지만
새것은 아직 오지 않고 있는**
저녁 같은 혹은 새벽 같은 이 시간

마침내 끝이 시작되었다
땅끝에서처럼 바다의 끝에서처럼
끝에서 끝을 똑바로 보고 돌아서자

이 끝을 시작으로 만들어내자
오래된 아침 그래서 처음인 새 아침이
우리 앞에 있다 아니 우리 안에 있다

바야흐로 끝이 시작되었다
춤추고 노래하자 안팎의 새것을 마중하자
이번이 마지막 끝일지도 모른다
이 시작이 처음일지도 모른다
어쩌면 이 첫 시작이 마지막일지도 모른다

관을 메고 춤추자
요람을 들고 노래하자
저 낡은 시대의 인간을 위하여
기필코 두 눈 뜰 우리 안의 인류를 위하여
다시 뭇 생명 보듬어 안을 어머니 지구를 위하여

* 미국 텔레비전 드라마 「체르노빌」에 나오는 대사.
** 낸시 프레이저 『낡은 것은 가고 새것은 아직 오지 않은』(책세상
2021)에서 빌려왔다.

141

사랑과 평화

사람이 만든 책보다
책이 만든 사람이 더 많다*

사람이 만든 노래보다
노래가 만든 사람이 더 많다

사람이 만든 길보다
길이 만든 사람이 더 많다

사랑으로 가는 길은 오직 사랑뿐
사랑만이 사랑으로 갈 수 있다
그래야 사람이 만든 사랑보다
사랑이 만든 사람이 더 많아진다

평화로 가는 길 또한 오직 평화뿐
평화만이 평화로 갈 수 있다
평화만이 평화를 만들 수 있다
그래야 사람이 만든 평화보다
평화가 만든 사람이 더 많아진다

이 또한 오래된 일이다

* '사람이 만든 책보다 책이 만든 사람이 더 많다'라는 문장은 출처가 밝혀지지 않은 채 널리 알려져 있다.

평화보다 먼저
기도하듯이 혹은 노래하듯이

평화보다 먼저 평화가 되는 방법입니다

두 손을 맞잡고 가슴에 갖다 댑니다

두 눈을 감고 양 귀를 엽니다

지금 내 앞에 있는 사람을 사랑합니다

내 앞에 있는 모든 것이 되어 그쪽에서 나를 바라봅니다

하늘에서 나를 내려다봅니다

땅에서 풀과 나무를 올려다봅니다

두 발이 언제나 지구의 정수리를 밟는다고 내게 말합니다

별빛의 한끝이 매 순간 우리 머리카락을 어루만진다고

당신에게도 말해줍니다

한달에 한번은 죽음 쪽으로 가서 이쪽을 돌아봅니다

계절이 바뀔 때마다 탄생 이전으로 가서 여기를 바라봅
니다

생각하기 전에 평화라고 속으로 말합니다

생각하고 말하고 난 뒤에도 평화라고 말합니다

나지막이 평화라고 말하는 누군가의 얼굴을 떠올립니다

이것이 평화보다 먼저 평화가 되는

평화보다 먼저 평화를 사는 몇 안 되는 방법입니다

파브르 아저씨

파브르 아저씨가
곤충기 쓰신 거는
다들 알고 있지만
식물기까지 쓰셨다는 거는
잘 알려져 있지 않습니다

그런데 파브르 아저씨는
너무 가난해서
여기저기 답사 여행 다니실
형편이 못 됐다고 합니다

그래서 자기 집 앞마당
한평 땅에서 나고 지는
풀들을 살피면서
식물기를 쓰셨다고 합니다

파브르 아저씨가
꾸짖으시는 것만 같습니다
얼마나 가졌느냐보다

무엇을 가졌느냐
가진 것으로 무엇을 하느냐가
더 중요한 거라고

죄가 있다, 살아야겠다

죄짓고 살자
오늘 밤
아기 예수 다시 오시도록
죄 많이 지으며 살자

원수를 미워하자
자비로부터 멀어지자
오늘부터
부처님 외롭지 않으시도록
우리 죄짓되

죄다운 죄 지으며 살자
원수를 저주하되
원수다운 원수를 저주하자
물론 법도 어기자

어길 만한 법 어겨서
법이 법다워질 수 있도록
법도 어기며 살자

죄가 있다

살아봐야겠다

보란 듯이 한번 살아봐야겠다

발성 연습이다

더 큰 소리로 말해
그해 가을 처음 들어간 연극부
빙 둘러선 낯선 부원들
우두둑우두둑 스트레칭에 이어
아에이오우 발성 연습 시간
아에이오우 아에이오우 턱관절까지 푼 다음
더 큰 소리로 말해를 가장 낮은 데서 시작해
목소리의 끝까지 밀어올려야 했다

난생처음 목청을 틔우는 연습
음역의 상하 전후 좌우를 넓히는 연습
목청을 발바닥까지 내려놓았다가
허파꽈리를 있는 대로 부풀렸다가
횡격막을 배꼽 아래까지 내려보냈다가
더, 큰, 소리로, 말, 해
입술만 벙긋벙긋
너무 낮아서 아직 소리가 아니었다

더, 컨, 소리로, 말, 해

더 커지는 경상도 사투리
목소리가 복숭아뼈에서 차츰 종아리로
양 오금에서 허벅지 고관절로 올라왔다
다시 허리에서 가슴 어깨 코 이마 정수리로
얼굴이 시뻘게져서
목덜미 핏줄이 다 부풀어올라서
더, 컨, 소리로, 말, 해

몸을 활처럼 뒤로 바짝 젖히고
소리를 소리 바깥으로 밀쳐내겠다는 듯
몸을 다 꺼내 몸 밖으로 던져버리겠다는 듯
하지만 목소리는 몸 안에 바짝 달라붙어
몸 밖으로 아니 마음 밖으로
나오려 하지 않았다

더 컨이 아니고 더 큰
법대 선배가 와서 가슴을 쳤다
더 컨이 아니고 더 큰
국문과 선배가 와서 등을 쳤다

한의대 선배가 뒤로 와서 하단전을 눌렀다
체대 선배가 대걸레를 들고 왔다
소리가 이렇게밖에 안 나오나

영문과 선배가 와서 말했다
더 큰 소리로 따라 해
민, 주, 주, 의
민, 주, 주, 으
으가 아니고 의
민주주의의 신새벽
민, 주, 주, 으, 으, 신, 새, 벽
으가 아니고 의라니까
민, 주, 주, 으이, 으이, 신, 새, 벽
으이? 으으이? 너 죽고 싶어?
미인, 주우, 주우, 으, 으, 시인, 새애, 벼억
시인, 새애, 벼어어억
허리가 끊어지는 듯했다
마음과 소리가 떨어져나갔다

불어터진 라면으로 늦은 저녁 때우고 나서
다시 서너시간 빙 둘러서서
새벽의, 빛이, 우리 앞에, 있다
새벽의, 빛이, 우리 앞에, 있다
자정 무렵 우리들은 무너졌다
작은 소리조차 내지 못하게 된 우리는
나자빠졌다 나자빠져서
서로 부둥켜안았다
서로 부둥켜안고 뒹굴었다
연습실 바닥을 뒹굴며 소리쳤다
발버둥치며 발광했다
더 큰 소리
더 큰 소리로
발성 연습은 발광 연습이었다

목이 쉬어 첫소리조차 나오지 않는
아침이면 시퍼렇게 멍이 든 온몸으로
민주주의, 민주주의의 신새벽은
언제, 어디서, 누가, 어떻게, 어떻게, 어떻게

저마다 울지 않으려고
우리는 저마다 울지 않으려고

발성이 되지 않아 발광하던
통행금지가 있던
그해 늦가을 학생회관
연극부 불 꺼진 심야 연습실
박정희 죽기 한달 전

삼대
미래를 미래에게

할아버지는 낙타를 타고 아버지는 자동차를 탔다
아들은 지금 비행기를 탄다 하지만 손자는 다시 낙타를
탈 것이다
석유가 많이 나는 먼 사막의 이야기다

아버지는 다 만들어서 썼지만 아들인 나는 다 사다 쓴다
내 아들은 내가 번 돈으로 다 사서 쓰다 말고 다 갖다 버
린다
내 아들의 아들은 다시 다 만들어서 써야 할 것이다
지금 여기 우리 이야기다

모래언덕의 아버지와 우리 아버지가 크게 다르지 않다
중동에서 석유를 파내는 것과 황해 바다를 메우는 것이
다르지 않다
덕분에 사막의 아들딸은 비행기를 타고 우리의 아들딸도
자동차를 몰지만

비행기를 타고 자동차를 모는 아들딸의 잘못이 아니다
전적으로 아버지의 잘못이다 아시아 아메리카 유럽 오스

트레일리아
　　모든 아버지가 아들딸의 미래를 끊임없이 훔쳐온 것이다
　　청년의 미래를 보란 듯이 줄기차게 착복해온 것이다

　　젊은이의 미래가 그래서 사라져버렸다
　　그래서 청소년이 방 안에 틀어박히고 젊은이가 연애도 못
한다
　　다름 아닌 아버지에게 미래를 빼앗긴 다 자란 아들딸들이
　　지구 표면 곳곳에서 망연자실해하고 있다

　　가족이 탄생하고 도시가 번창한 이래
　　아버지가 이런 방식으로 자기 자식을 착취한 적은 없었다
　　아버지가 가진 것은 죄다 불법이다 죄다 장물이다
　　아버지가 가진 것이 많을수록 죄의 목록이 길어지고
　　아버지가 누리는 것이 많을수록 형량이 높아진다

　　미래를 미래에게 돌려줘야 한다
　　아버지가 미래를 돌려줘야 아들딸이 지금과 다른 미래를
꿈꾼다

지금과 다른 미래를 준비해야 아들딸과 아들딸의 아들
딸이

　다시 다 만들어서 쓰고 다 키워서 먹어야 하는 지금과 전
혀 다른 세상에서

　서로 떳떳하고 스스로 아름다울 것이다

　그때쯤이면 그 누구도 함부로 미래에 손을 대지 않을 것
이다

모름지기

강한 자가 약해져서 세상이 바뀌는 게 아니다
약한 자가 강해져야 세상이 바뀐다
군사정권 말기에 감옥 갔다 온 후배가 말했다

미국 유학을 다녀온 선배가 말했다
강자에게 약한 자들은 다 나쁜 자다
강자에게 강한 자들이 좋은 자다

강한 자에게는 강하고 약한 자에게는 약한 자
그런 강자는 모두 마음이 여린 자다
모름지기 강한 자는 마음이 너무 여려서
자기 자신을 배신하지 못하는 자다
니체가 말한 것처럼
강자는 오직 자기 자신에게 복종하는 자다

강한 자는 마음이 여리디여려서
남보다 먼저 아파하고 남보다 늦게 기뻐한다
남보다 먼저 아파하고 남보다 늦게 기뻐하는 자가
강한 자다

마음 약한 좋은 자들이
스스로 강해지는 약자다
그런 약자들이 세상을 바꾸는 강자다

활보 활보

선글라스 끼고 활보
도회지 한복판 교차로 횡단보도 건너
휘황한 상점들의 거리
날마다 높아지는 찬란한 본사 건물을 지나
쨍쨍한 햇빛 속으로 활보

투스텝으로 깨금발 까치발로 활보
경복궁 광화문 앞을 활보
대왕과 장군은 본체만체
미래가 왜 앞에만 있단 말인가
너희의 미래는 왜 앞만 보고 있단 말인가

여름이라면 여름의 정면
캠페인이라면 캠페인의 잔등
증후군이라면 증후군의 발바닥
대형 사건 사고라면
대형 사건 사고의 엉덩이를 쏘아보며 활보
소풍 가듯이 행진하듯이 활보

미래는 뒤에 있을 수도 있다
십년 후 십년 전 대체 어디가 앞이란 말인가
미래는 왼쪽 오른쪽 위아래
다섯시 방향 열한시 방향
어디에도 있을 수 있다

색안경을 끼자
자기 얼굴에 어울리는 선글라스를 쓰자
색안경을 써야 더 잘 보인다
문제는 색안경을 내가 골라야 한다는 것
내가 고른 것을 당당하게 쓰고 다녀야 한다는 것
그리고 타인의 색안경을 칭찬할 수 있어야 한다는 것

마음에 맞는 선글라스를 끼고
마음에 맞는 사람의 손을 부여잡고
변두리의 한복판에서 도심지의 텅 빈 중심까지 활보
지하에서 옥상까지 현관에서 광장까지
디자인 사무실에서 쇼윈도우까지
현금지급기에서 방범용 폐쇄회로 카메라까지

농수산물 도매시장에서 쓰레기 하치장까지 활보

우리의 새로운 거처는 거리
우리는 도시의 거리에서 만나야 한다
대오 없이 왁자지껄 무질서하게 활보
기도하듯 중얼거리며
잊지 말자고 한눈팔지 말자고 떠들며
마주치면 싱긋 웃어주며
덥석덥석 손부터 부여잡으며
흰소리 헛소리도 좋다 잠꼬대라도 좋다
잡은 손 놓지 않고 활보
거리에서 거리로 활보 활보

우리의 새로운 장소는 거리
우리가 기필코 되찾아야 할 거처는 거리
도시를 거리로 나오게 해야 한다
건물을 거리로 나오게 하고
도로를 거리로 올라서게 해야 한다
색안경을 낀 우리의 새로운 터전은 거리

거리에서 노래 부르자
거리에서 춤추고 떠들고 외치며 꿈꾸자
여럿이 함께 꾸는 꿈이 우리의 미래

색안경을 빼앗겨서 거리를 빼앗겨서
우리 삶이 이 지경이 된 것이다
미래가 보인다면 색안경 너머로 보일 것이다
미래가 온다면 거리로 올 것이다
미래가 있다면 거리에 있을 것이다
미래를 만들어야 한다면 거리에 만들어야 할 것이다

우리의 새로운 광장은 거리
선글라스 끼고 활보
도회지 한복판 교차로 횡단보도 건너
휘황한 상점들의 거리
날마다 커지는 찬란한 본사 건물을 지나
쨍쨍한 햇빛 속으로 활보
탄탄한 어둠 속에서도
색안경을 끼고 함께 활보 활보 활보

인터스텔라

딸내미 평화 기행 한다고 베트남으로 떠나는 날
인천공항 출국장에서 문득 엊그제 함께 본
영화 「인터스텔라」 생각

남은 것은 옥수수밭과 하늘을 뒤덮는 먼지폭풍
다른 행성을 찾아 떠나지 않으면 모두
최후를 맞아야 하는 인류 최후의 날

공항 청사 내부 철골 구조를 올려다보며
우주선을 타고 시공간을 가로지르는 젊은 아버지
아버지를 기다리던 어린 늙은 딸을 떠올린다

그런데 굳이 성층권을 벗어나야 하는가
지구를 떠나야만 하는가 공항 출입국장 같은 대형 유리 돔
지구 곳곳에 거대 유리 도시가 세워질 것이라는 상상
그 유리 도시가 새로운 행성일 터

머리 좋은 자들이 만들고
많이 가진 자들만 들어갈 수 있는

지구 안의 또다른 지구 새로운 지구
방사능 미세먼지 중금속을 차단한 완벽한 생태계
기후변화 화석연료 신종질병 쓰나미와 무관한
지속가능한 인공 도시

그런데 그 유리 도시가 인터스텔라처럼
지금과 똑같은 인간
지금 여기와 똑같은 사회라면?

수천명이 오가는 쾌적한 출국장에서
별과 별 사이보다 인간과 인간 사이가
중력과 사물 사이보다 인간과 인류 사이가
4차원과 5차원 사이보다 인류와 지구 사이가
훨씬 더 아득해 보였다

전태일반신상

평화시장 앞
청계천 다리 위
전태일 전태일반신상
다리가 없다
다리가 다리에 박혀 있다

나의 또다른 나인 그대여
부디 눈높이 낮추시고
여기 없는 내 하반신을 보시라
없지만 여기 있는 내 두 다리로
이렇게 멀쩡한 다리가 되어 있으니

온종일 상반신으로 우뚝 서서
24시간 눈 감지 않고 서서
아직도 바로 서지 못하는
우리 두 다리를 보게 하거늘
아직도 앞으로 나아가지 못하는
우리 얼어붙은 발걸음을 보게 하거늘

멀쩡한 상반신으로
멀리 바라보려 하지 않는
다리가 있어도 다리를 건너지 못하는
우리 멀쩡한 하반신을 보게 하거늘

미래에게 미래를
『기본소득』 창간호 축사

아이들과 눈을 마주치기가 힘들다

학생들에게 장래 희망이 뭐냐고 묻지 않은 지도 오래다

청년들이 분노하지 않는다며 목청을 높인 것도 한참 전이다

미안해서 그렇다

내가 부모로부터 물려받은 것을 내 아들딸에게 물려줄 수 없어서 그렇다

삶의 방식에서 천지자연에 이르기까지 온전하게 물려줄 수 있는 게 거의 없다

돌아보니, 그간 내가 보탠 것은 다 '나쁜 것'이었다

호모사피엔스 탄생 이래 이처럼 '거대한 단절'은 없었다

가장 큰 원인은 우리 기성세대가 미래 세대의 미래를 빼앗아왔기 때문이다

개발과 성장, 발전과 풍요 명목으로 후손들의 미래를 빼앗아왔다

솔직하게 인정하고 돌려줘야 한다

미래 세대에게 미래를 돌려주지 않는다면 머지않아 우리 모두 파국을 맞을 것이다

시간이 많지 않다

하지만 길은 있다

그중 하나가 '기본소득'이다

청년들이 '경제적 공포'에서 벗어나야 미래가 회복된다

청년이 살아나야 노인과 어린이도 살아난다

이제 시작이다

기본소득은 가지 않은 길이고, 갈 길 또한 멀다

하지만 목적지는 분명하다

모든 차이와 경계를 넘어 전인류가 기본소득 수혜자가 되는 그날까지 가야 한다

우리 사피엔스는 물론 뭇 생명이 바라 마지않는 '지속가능한 인류세'는 그때 열릴 것이다

마지막 기회를 놓치지 말자

우리가 미래 세대에게 물려줘야 할 미래는 기본소득이다

거대한 근황

작아진다
우리는 작아진다
날마다 작아진다

저녁이 사라져서
새벽과 아침 또한 사라져서
마침내 저녁에서 아침까지
밤이 온통 사라져서

우리는 작아진다
삶이 일보다 크지 않아서
우리의 관계가 우리보다 크지 않아서
결국 내가 나보다 크지 않아서
우리는 이렇게 작아진다

기대가 후회보다 크지 않아서
용기가 지혜보다 크지 않아서
사랑이 용서보다 크지 않아서
오늘이 어제보다 크지 않아서

늙음이 젊음보다 크지 않아서
죽음이 탄생보다 크지 않아서

우리는 시시각각 작아진다
삶이 개인보다 크지 않아서
소비자가 시장보다 크지 않아서
사회가 국가보다 크지 않아서
국가가 기업보다 크지 않아서

우리는 쉬지 않고 작아진다
감성이 이성보다 크지 않아서
상상이 논리보다 크지 않아서
부분의 합이 전체보다 크지 않아서
세계감이 세계관보다 크지 않아서
미래가 현재보다 크지 않아서

모래와 모래 사이가 모래보다 크지 않아서
섬과 섬 사이가 섬보다 크지 않아서
사람과 사람 사이가 사람보다 크지 않아서

일과 일 사이가 일보다 크지 않아서
가정이 가족보다 크지 않아서
결국 생활이 생존보다 크지 않아서

남녘 사십구재
김종철을 보내며, '김종철들'을 맞이하며

전에도 한번 말씀드렸지요. 남녘 바닷가에 사는 벗들이 자기들끼리 모여 선생님 사십구재를 지냈다는 소식 말입니다. 이레마다 모여 숲길을 걷기도 하고 때로는 바다가 잘 보이는 산에도 올랐다고 합니다. 선생님이 남긴 글귀를 돌아가며 읽기도 하고 만트라를 외우기도 했다네요. 한 친구는 선생님을 위한 노래까지 만들었다고 합니다.

엊그제 사십구재 때는 제법 많은 벗들이 모였나 봅니다. 환하게 미소 짓는 선생님 사진을 확대해 벽에 걸어놓았는데 판화처럼 보이는 사진 위아래로 이런 글귀가 적혀 있었습니다. '20200812 친구와 숲과 밥이 공양입니다. 시대의 참어른 김종철 선생 사십구재.' 벗들이 한자리에 모여 친구와 숲과 밥 그리고 공양에 담긴 큰 의미를 나누었겠지요.

저는 이반 일리치가 생각났습니다. 일리치는 시와 도서관 그리고 자전거가 인류를 구원할 것이라고 말했지요. 친구와 숲과 밥도 원래 의미를 되살린다면 더 나은 미래를 열어나가는 순결한 에너지가 되리라고 봅니다. 친구는 우애의 당사자입니다. 혼자서는 도저히 구현할 수 없는 것이 우애입니다. 친구다운 친구가 몇 있다면 자신 있게 좋은 삶이라고 말할 수 있습니다. 숲은 말할 것도 없습니다. 숲에 생기가 돈다면 하늘과 땅을 비롯해 뭇 생명이 두루 온전하다는 증거이니까요.

그리고 밥인데요, 남녘 벗이 사십구재 때 함께 나눈 이야기라며 이런 문자메시지를 보내왔습니다. 요지를 옮기면 이렇습니다. 밥이라는 게 원래 공양이라는 뜻이다. 자기희생이라는 뜻. '너는 내 밥이야'란 말을 습관적으로 내뱉는데 사실은 '너' 때문에 내가 산다는 얘기 아닌가. 지금 우리가 누군가의 밥이 되지 않고 저 혼자만 먹으려 하니까 세상이 지옥으로 변한 거다. 그러니 우리가 서둘러 돌아가야 할 곳은 저 밥의 마음, 공양의 정신이다. 긴말 필요 없다. 내가 먼저 누군가의 밥이 돼야 한다. '네가 내 밥이다'에서 '내가 네 밥이다'로 전환해야 한다. 우주 질서를 떠받치는 가장 중요한 원리가 자기희생인데 그게 결국 밥이다. 알고 보니 선생님께서 남기신 말씀이더군요.

남녘 벗들이 모여 선생님을 기리고 돌아가던 밤길, 누군가 "오늘 밤하늘에 별이 보여요. 참 오랜만이네요"라는 문자를 보냈다고 합니다. 그러자 저 메시지를 접한 한 벗이 "선생님께서 잘 가셨다는 인사"로 받아들였다고 합니다. 남녀 벗은 위와 같은 긴 이야기를 다음과 같이 마무리했습니다. "사십구일 내내 선생님과 같이 걷고 덕분에 내 길도 밝아졌어요. 계시는 곳 그 어디나 빛이 가득하길 기도합니다." 많은 분이 남녀 벗들처럼 선생님을 배웅했으리라 생각합니다. 그렇지요. 선생님은 이제 떠나신 것이지요.

하지만 떠나지 않은, 결코 떠날 수 없는, 새로 마중해야 할 김종철이 있습니다. 다름 아닌 '김종철들'입니다. 남녀 벗들처럼 곳곳에서, 수많은 마음속에서 '김종철들'이 다시 살아날 것입니다. 김종철에서 비롯하되 김종철 같지 않은, 김종철에서 시작하되 김종철과 다른 수많은 김종철이 살아가게 될 것입니다. 김종철과 더불어 김종철을 넘어서려는 '자기만의 김종철' 말입니다. '김종철 이후의 김종철들'이 생겨나지 않는다면 말 그대로 파국일 테니까요. 그야말로 공멸일 테니까요.

이 먼 나라를 알으십니까

입학식이 따로 없고 자기 생일 아침에 초등학교에 들어가는 나라가 있습니다

여덟살짜리와 열두살짜리가 한 교실에서 공부하는 나라, 교과서가 없는 나라가 있습니다

지구온난화를 해결하라며, 아이들의 미래를 돌려달라며, 등교를 거부하는 여학생을 격려하고 응원하는 나라가 있습니다

할머니와 직장인과 미혼모 여학생이 한집에 사는 나라

등록금을 나라에서 다 대주는 나라

달리기 시합 때 아이들이 나란히 손을 잡고 함께 골인하는 나라

국민총생산이 아니라 국민의 행복을 앞세우는 나라

연간 입국 관광객 수를 일정하게 제한하는 나라

군대 없는 나라 또한 한둘이 아닙니다

유전자조작 식품을 키우지도 않고 수입하지도 않는 나라

에너지를 마을에서 자급자족하는 나라

식량 자급을 위해 농업, 농촌, 농민을 존중하는 나라

새를 키우고 텃밭을 일구게 하며 환자를 치유하는 병원이
있는 나라가 있습니다

손자 손녀 세대가 쓰게 하려고 통나무를 잘라 건조하는
나라

시간 은행이 있어 아이 돌보기, 노인 보살피기, 이사, 가사
노동, 집수리, 도구나 기계 고치기, 피아노 가르치기 등 재능
을 주고받는 나라

댐 건설을 막기 위해 마을 어머니들이 나무에 자신의 몸을 묶는 나라

외부 주주가 아니라 직원이 백 퍼센트 소유하는 백화점이 있는 나라

지역의 수백 농가가 참여해 유기농 낙농 기업을 운영하는 나라

전국민이 헌법을 알아야 한다며 정부에서 헌법 해설서를 만들어 전국민에게 배포하는 나라

가난한 사람들만 이용할 수 있는 은행이 있는 나라

미래 세대를 위해 환경을 제대로 돌보지 않았다는 이유로 정부를 상대로 소송을 제기한 청소년들이 자라나는 나라

동식물과 아직 태어나지 않은 아이들의 권리를 인정해야

한다며 집단소송을 제기한 시민들이 사는 나라가 있습니다

이외에도 우리가 알지 못하는 나라, 즉 '미래를 먼저 사는 나라'가 많습니다

사실은 나라가 아니고 몇몇 선구자들의 꿈이고 실험이고 도전이겠지요

아직은 미미하지만 곧 우리 앞에 나타날 좋은 나라의 좋은 이야기가 계속 이어지기를 바랍니다

좋은 이야기가 좋은 삶, 좋은 사회를 만듭니다

우리의 이야기가 우리의 미래입니다

이 시가 '끝없이 이어지는 좋은 이야기'의 첫 문장이 될 수 있기를 희망합니다

당신이 이 이야기를 이어나가셨으면 합니다

전환 학교

우리는 이야기 속으로 던져진 존재
우리를 키운 것은 구할이 이야기다
이야기를 바꿔야 미래가 달라진다

*

심청이 아빠에게
공양미 삼백석 영수증을
건네며 말했다

다음엔 아빠가 빠져

*

온종일 물을 긷던 콩쥐가
팥쥐 손을 부여잡고 말했다

우리 가출하자

*

마침내 거북이가 걸음을 멈추고

잠들어 있는 토끼를 깨웠다

토끼야, 바다로 가야겠다

*
학교 종이 땡땡땡
어서 모이자
선생님이 우리를 기다리신다

학교 종이 땡땡땡
어서 가보세
아이들이 우리를 기다린다네

철인삼종경기

내가 하도 학교, 새로운 학교 하니까 대체 어떤 학교를 만들고 싶은 것이냐고 물어오는데요, 그때마다 다음과 같이 짧게 답합니다. 우리 아이들이 악기 연주, 음식 만들기, 스포츠 활동 이 세가지 능력을 갖출 수 있도록 돕는, 학교 같지 않은 학교를 만들고 싶습니다라고.

악기를 다룰 줄 알면 말로 표현하기 힘든 자기 감정을 에둘러 전달할 수 있을 뿐만 아니라 낯선 사람들과도 쉽게 교감할 수 있습니다. 가령 하모니카를 잘 부는 소년이라면 중남미 고산지대나 아프리카 서부 해안에 가서도 금세 친구를 사귈 수 있을 겁니다. 서로 말이 통하지 않아도 음악으로 만날 수 있습니다.

음식 만들기도 긴 설명이 필요 없습니다. 자기 혼자 먹는 음식에 정성을 다하기란 쉽지 않습니다. 하지만 사랑하는 사람을 위해 준비하는 음식이라면 사정이 달라집니다. 식재료에서 상차림까지 온갖 신경을 다 씁니다. 낯선 사람도 식탁에서 마주하면 달라집니다. 저는 세상에서 가장 아름다운 식탁이 환대의 식탁이라고 생각합니다. 환대에서 우애로!

식탁에서 가능합니다.

　운동경기도 악기 연주나 음식 만들기와 다르지 않습니다. 처음 보는 사람하고도 얼마든지 손을 맞잡게 하는 것이 운동경기입니다. 공을 조금 다룰 줄 안다면 낯선 이들과 얼마든지 어우러질 수 있습니다. 몸을 부딪치며 함께 땀을 흘리는 것만큼 사람 사이를 가깝게 하는 경우도 많지 않습니다. 음악, 음식, 운동 모두 피부색과 언어 차이를 뛰어넘는 세계 공용어입니다.

　잘 아시다시피 철인삼종경기는 철인(鐵人)들 전문 종목입니다. 아무나 할 수 있는 경기가 아닙니다. 제가 강철 같은 청년을 원하는 것은 아닙니다. 그럴 리 없습니다. 다만 음악, 음식, 운동 이 세가지 종목을 고루 잘할 수 있다면 철인(哲人)이 될 수 있으리란 기대가 있을 따름입니다. 타인과 더불어, 천지자연과 더불어 자기 철학을 세워나가는 젊은이 말입니다.

토지 탁구

원주 토지문학관에 머물 때였는데요
점심 먹고 나면 몇몇이 탁구장에 모였습니다
식곤증을 물리치고 체력도 키울 겸 해서
공을 주고받다가 몸이 풀리면 내기를 하곤 했는데요
시인 소설가 평론가 아동문학가 희곡작가 들이
이기고 지는 것에 그렇게 목매달 줄은 미처 몰랐습니다
이겼다고 펄쩍 뛰며 환호하는 것도 민망하고
아깝게 졌다며 얼굴 붉히는 것도 면구스러웠습니다
승부욕은 과연 우리의 본성일까요

그래서 몇이서 의기투합했습니다
새로운 룰을 만들기로 한 것이지요
우리는 승패를 가리지 말자
경기에서 이긴다는 것이 무엇인가
룰이 인정하는 범위 안에서 상대를 속이거나
상대의 약점을 파고드는 것 아닌가
상대가 실수하기를 기대하는 것 아닌가
토지의 작가가 세운 문학관에 글 쓰러 온 문인들이
어디 그러면 쓰겠는가 부끄러운 일 아닌가

상대를 배려하는 새로운 게임을 만들어보자
이제부터는 상대를 도와주는 것이다
상대가 공을 잘 받아 넘길 수 있도록 넘겨주자
그렇게 서로 공을 주고받은 횟수를 점수로 매기자
그러려면 내가 아니라 상대를 우선해야 한다
이전과 전혀 다른 마음가짐, 다른 능력이 필요하다
이제 내 앞에 있는 사람은 적이 아니고 벗이다
우리는 서로 마음을 주고받아야 하는 반려자다

그해 여름 박경리 선생이 세운 토지문학관에서
이름하여 배려 탁구라는 새로운 종목을 만들었는데요
승부경기에서 아름다운 기록경기로 재탄생한 토지 탁구가
얼마나 번져나갔는지는 아직 잘 모르겠습니다

혼자가 연락했다

혼자가 연락했다
혼자가 먼저 신호를 보내왔다
우리가 모닝커피를 마시며 미팅할 때
밥상머리 교육 확대 방안에 관해 논할 때
세대 간 대화 촉진 지원 프로젝트를 기획할 때
인류세의 미래를 주제로 한 국제회의에 참가할 때
혼자가 혼자 있었던 것이다
우리가 산책로 공원 광장을 늘려야 한다고
모든 공동주택의 설계 기준부터 바꿔야 한다고
거대 도시를 마을 공동체로 전환해야 한다고 외칠 때
전세계 기득권 세력의 완고한 프레임을 바꾸고
시민의 삶의 방식을 바꾸는 감성적 담론을 마련할 때
그레타 툰베리 같은 청년들에게 부끄러워할 때
노년세대의 행동을 촉구하는 캠페인을 모색할 때
지구 평균 기온 상승과 관련된 빅데이터를 분석하고
지구촌 모든 대통령궁 앞에서 치켜들 피켓을 고민할 때
양자역학과 저항운동을 연결시킬 수 없을까 궁리할 때
혼자는 혼자 있었다

'처음'을 향한 간절한 발원

이홍섭

.

1. 그리움의 타율

나에게는 아직도 술 마시고 전화하는 시인이 두 사람 남아 있는데, 그중 한 사람이 이문재 시인이다. 다른 한 사람은 오랜 지음(知音)으로, 요즘은 짧은 문자로 대신하는 경우가 많다.

이문재 시인은 대개 술집에서 홀로 술을 마실 때나 집에서 노래를 틀어놓고 독작을 할 때 전화를 하곤 한다. 전파를 타고 들려오는 노래들은 오래 잊고 있었던 가객들의 명곡이어서 쉬이 전화를 끊을 수도 없다. 얼마 전에는 한동안 밤낮이 바뀐 생활을 하느라 몇 통의 전화를 받지 못한 것을 두고, 야구의 타율에다 비교하며 은근히 타박을 했다. 나는 7, 8할은 넘는다고 했고, 이문재 시인은 3할이 넘지 않는다고 우겼다. 설마 내가 존경하는 선배 시인과의 통화를 3할대도 안 나오게 했겠는가. 이문재 시인이 서러워하는 나머지 7할은 아마도 그리움의 타율일 것이다. 내가 스무살이 되기 전부터 인연을 맺어온 이문재 시인, 아니 문재 형은 늘 그랬다. 그 지순함과 여일함은, 시인이 좋아하는 표현을 빌려 말하면 "오래된 일"(「사랑과 평화」)이자 "오래된 미래"(「남향(南向)」)이다.

평론 청탁을 거절한 지 삼년여, 당연히 이 시집 해설도 못 쓰겠다고 했는데 시인의 전화 한통으로 나의 서슬 푸른 결의는 한순간에 무너져버렸다. 타율이 내려가는 것을 감수하고서라도 전화를 받지 말았어야 했다는 탄식이 절로 났으나 그 탄식은 오래지 않아 고마움으로 바뀌었다. 원고를 반복해 읽다가 나도 모르게, 잠자고 있던 시심(詩心)이 깨어나는 것을 느꼈기 때문이다. 좋은 시는 시심을 자극할 뿐만 아니라 가출한 시마(詩魔)를 불러들이기도 한다. 나는 원고들을 읽어나가다가 시마가 내 방의 문고리를 잡고 흔드는 것을 느꼈다. 후딱 해설을 넘기고 지금 내 방의 문고리를 잡고 흔드는 저 성스러운 시마를 빨리 안으로 모셔야지 하는 조급함마저 생겨날 정도였다. 하여, 이 글은 무엇이 이토록 나의 잠자던 시심을 자극하고, 집 나갔던 시마를 불러들이는지에 대한 짧은 소회가 될 것이다.

2. 시, 혹은 백서

이문재 시인은 특이하게도 시 제목에 '백서(白書)'라는 낱말을 쓰기를 즐겨한다. 바로 전 시집이자 시인의 다섯번째 시집인 『지금 여기가 맨 앞』(문학동네 2014)에서 처음 등장한 이 낱말은 이번 시집에서도 여러번 등장한다. 지난 시집에는 「백서」「백서 2」「손의 백서(白書)」 등이 등장하더니 이번 시집에는 '백서' 연작인 「백서 3」 외에도 「물의 백서 3」「달의 백서 1」 등의 작품이 수록되어 있다.

'백서'를 『표준국어대사전』에서 찾아보면 "정부가 정치, 외교, 경제 따위의 각 분야에 대하여 현상을 분석하고 미래를 전망하여 그 내용을 국민에게 알리기 위하여 만든 보고서"라고 풀이하고 있다. 만약 시인이 한자를 병기해놓지 않았다면 "비단에 쓴 글, 또는 글이 쓰인 비단"을 일컫는 '백서(帛書)'로 이해하는 독자들도 있을 것이다. 시 제목에다 보고서 따위를 일컫는 '백서'를 넣는다는 것을 누가 쉽게 상상할 수 있겠는가. "비단에 쓴 글"이라면 모를까.

그럼에도 시인은 꾸역꾸역 시 제목에다 '백서'를 갖다 붙인다. 시단에서 언어의 연금술사로 손꼽히는 시인이 이 말이 지닌 건조함과 휘발성을 모를 리 없다. 그럼에도 이 말을 꾸역꾸역 시 제목에 밀어넣는 것은 그만큼 백서의 형식으로 말하고 싶은 것이 많기 때문일 것이다.

'우리는 누구였던가'라는 부제가 달린 「백서 3」은 "스마트폰 스물두대가 앉아 있다"라는 돌연한 구절로 시작한다. "이른 새벽 종점에서 출발하는 첫차"의 내부 모습을 그리는 것으로 시작하는 이 작품이 "또 하루가 시작되었다/어제 같은 오늘 내일 같은 오늘이다/이제는 실버폰 차례다/한시간 뒤부터는 암보험 상조회들이 탄다"라고 처연하게 끝나는 것은 당연한 귀결이라 할 수 있다. 우리 시대의 실상이, 우리의 자화상이 그러하기 때문이다. 따라서 이 시는 '보고서'라는, 백서가 지닌 원래의 형식과 역할에 충실한 작품이라 할 수 있다. 하지만 또다른 '백서' 연작 「물의 백서 3」과 「달의 백서 1」은 앞의 작품과는 그 궤를 달리한다.

　　초겨울
　　얼음이 얼기 직전
　　뒤돌아보는 물처럼

　　초봄
　　녹기 직전
　　자기 앞을 내다보는
　　얼음처럼

　　한겨울
　　얼음 속으로

얼음의 한가운데로
꽝꽝 더 얼어가는
얼음처럼

더 차가워져서
더 딴딴해져서
스스로 터져나가기를
원하는 얼음처럼

제 몸 밖으로
터져나가
으스러지고 싶어하는
녹아 흐르고 싶어하는
얼음 속 언 물처럼

이윽고
가벼워져
구름의 손을 잡는
새벽 물안개처럼
보란 듯이 땅을 버리는
이른 봄 아지랑이처럼

　　　　　　　　　　—「물의 백서 3 — 얼음」 전문

'얼음'이라는 부제에서 알 수 있듯이 이 작품은 계절적 환경에 따라 변해가는 물과 얼음의 변화를 시적으로 변주하고 있다. 물과 얼음의 변화를 마치 살아 있는 생명의 생태처럼 그려낸 이 작품에서 '백서'는 자연 혹은 생태의 실상을 꼼꼼하게 관찰하면서 이 실상에 시인 나름의 고유한 의미를 부여하겠다는 의지를 담고 있다. 아래 작품도 이와 그리 멀지 않다.

지금 저기
저 높은 곳에서
얼마나 많은 눈빛이
만나고 있는 것인가

지금 여기
얼마나 많은 꿈이
얼마나 많은 안부가 안타까움이
저 달을 향하고 있는가

지금 한밤인 곳곳은
저마다 밤의 한가운데
지금 하늘 밝은 곳을 올려다보는
곳곳의 한밤의 중심은
저마다 얼마나 어두운 것인가

얼마나 많은 어두운 곳에서
얼마나 많은 오래된 기도가
저 달을 향해 올라가는 것인가
지상의 아픈 마음들 다 받아내는
저 달은 그래서 둥글어지는 것인가
그래서 저토록 둥글고 밝은 것인가
　　　　　—「달의 백서 1 — 그래서 달은 둥글어진다」전문

'그래서 달은 둥글어진다'라는 부제에서 알 수 있듯이 이
시는 "달은 왜 둥글어지는가?"라는 질문을 함의하고 이를
시적 상상력으로 풀어내고 있다. 시인이 마침내 도달한 답
은 달이 "지상의 아픈 마음들 다 받아내"기 때문에 "저토록
둥글고 밝은 것"이라는 사실이다. 이 작품 역시 질문과 답을
통해 달의 새로운 면모와 시인의 새로운 인식을 담아냈으니
'백서'라 이름 붙일 수 있었던 것이다.

　이처럼 제목에다 '백서'를 붙이고자 하는 시인의 욕망은
크게 두갈래에서 발원하는데, 하나는「백서 3」에서처럼 문
명의 이기와 자본에 종속되어가는 이 시대의 현상을 있는
그대로 드러내고 풍자하겠다는 '고발의식'과 '비판의식'이
고, 다른 하나는「물의 백서 3」「달의 백서 1」에서처럼 우리
상상력의 시원인 물과 달의 이미지를 새롭게 직조해 새로운
인식과 각성으로 이끄는 '발견'과 '깨달음'이다. 후자의 작

품들과 비교해 전자의 작품에서 시인의 목소리가 더욱 강한 어조로 발현되는 것은 당연한 일이라 하겠다. 후자의 작품들은 일종의 '새로운 보고서'이기 때문에 "이윽고" "저토록" 등의 어휘가 자연스럽게 녹아들고 있다.

시 제목에 '백서'를 넣고 싶어하는 시인의 욕망은 비루한 시대와 맞서고자 하는 '전위의식'의 소산이기도 하다. 시인은 21세기를 한해 앞두고 펴낸 세번째 시집 『마음의 오지』(문학동네 1999) 말미에 실린 산문 「미래와의 불화」에서 "진정한 시인이 모두 심오한 생태학자인 것처럼, 진정한 시인은 모두 미래를 근심하는 존재"라며 "개인으로서의 시인이 던지는 작은 돌멩이가 바윗덩이 아래 무수하게 깔려 있는 계란껍질이 될지언정, 나는 던질 것이다. 쓸 것이다"라고 선언한 바 있다.

세기의 전환을 앞두고 시인이 던진 화두들, 즉 '농업' '오래된 미래' '몸' '개인' 등은 이번 시집에서도 여전히 살아 펄떡이는 활구(活句)로 작동한다. 시인이 문명의 폭력에 맞서 대안으로 내세웠던 '농업'은 이번 시집에서 "제초제를 병째 들이"켠 "양짓말 늙은 삼촌"의 삶을 다룬 시 「농업」을 통해 출구가 없는 비극적 모습으로 나타난다. 물론 시인이 앞세운 농업은 "도시-자본주의-근대"에 대한 비판적 은유로 사용되는 경우도 많았지만, 이처럼 출구 없는 비극성을 띤 적은 없었다.

대신 이번 시집에서 시인이 작정하고 던지는 "작은 돌멩이"는 '몸'과 '개인'이라는 화두이다. '몸'에 대한 각성은 추상성을 탈피해 얼굴(「얼굴」), 손(「손 단속」), 귀(「지구의 말」) 등 신체의 특정 부위로 더욱 구체화되어 좀더 감각적으로 표현되고 있다. 이러한 몸의 감각은 시인이 이전 시집(『지금 여기가 맨 앞』)의 「시인의 말」에서 강조한 '세계감(世界感)'을 회복하는 데 필수적인 요소이다. 시인은 이를 통해 세계관(世界觀)이 아닌 세계감, 즉 "세계와 나를 온전하게 느끼는 감성의 회복"을 꾀하고자 한다.

내 얼굴은 나를 향하지 못한다
내 눈은 내 마음을 바라보지 못하고
내 손은 내 몸 안으로 들어가지 못한다

얼굴은 남의 것이다
손은 누군가의 손을 잡아주기 위한 것
누군가에게 내밀기 위한 것이다

입과 코가 그렇고
두 귀는 물론 두 발도 그러하다
안 못지않게 바깥이 중요하다

지금 내 앞에 있는 사람이
가장 소중한 사람이다

지금 내 앞에 있는 사람 앞에 있는
나 또한 가장 귀중한 사람이다

조금 낯설지만
알고 보면 아주 낯익은 이야기다
　　　　　　　—「얼굴 — 아주 낯익은 낯선 이야기」 전문

　얼굴, 눈, 손, 입, 코, 귀, 발 등 우리 몸에 관한 섬세한 관찰
을 통해 부제처럼 '낯익지만 낯선 발견'을 이루어내고, 이
를 통해 "안 못지않게 바깥이 중요하다"는 인식과 "지금 내
앞에 있는 사람이/가장 소중한 사람이다/지금 내 앞에 있는
사람 앞에 있는/나 또한 가장 귀중한 사람이다"라는 깨달음
을 이끌어내고 있는 이 작품은 몸에 관한 시인의 관찰과 깨
달음이 어디를 지향하는지 잘 보여준다. 사실 우리 몸과, 몸
을 이루는 감각기관들은 인류가 오늘날의 꼴을 갖춘 이래
크게 변한 것이 없다. 다만 너무 낯익어서 우리가 그 쓰임새
를 제대로 인식하지 못했을 뿐이다. 시인은 이전 시집에서
'아주 낯선 낯익은 이야기' 연작을 통해 '낯섦'과 '낯익음'
의 병치를 시도했는데 위의 시에서는 두 단어의 위치만 살
짝 바꾸어서 부제로 사용하고 있다. 이는 시인이 얼마나 '낯
익음'과 고투하고 있는지를 잘 보여준다.
　'개인'이라는 화두는 이번 시집에서 '혼자'라는 화두로
진화하고 있다. 앞에서 언급한 산문에서 "나는 '개인'이기

위하여, 개인을 옹호하기 위하여 시를 쓴다"고 말했던 시인은 이번 시집에서 「혼자의 넓이」 「혼자와 그 적들」 「우리의 혼자」 등의 시를 통해 '혼자'를 참구(參究)한다. '개인'이 '단체' 또는 '집단'과 상대를 이루며 집단의 폭력성에 대한 비판적 인식을 담고 있다면, '혼자'는 "혼자도 자기 넓이를 가늠하곤 한다"(「혼자의 넓이」), "나는 나 아닌 것으로 나였다"(「혼자와 그 적들」)라는 구절들에서 알 수 있듯이 내면적·관계적 성찰을 담고 있다. 물론 「1인 시위」에서 볼 수 있듯이 '개인'에 대한 탐구와 옹호가 멈춘 것은 아니지만 이번 시집에서는 '혼자'에 관한 참구만큼 전면적으로 드러나 있지는 않다.

3. 처음처럼

서두에서 기왕 술 얘기가 나왔으니 술자리를 다룬 시 「노후」를 감상하지 않을 수 없겠다. 우연히 마주친 고등학교 동창과의 술자리 대화를 모티브로 한 이 작품은 시인의 '현재'를 있는 그대로 그리고 있다. 시인은 소주 이름인 '처음처럼'과 '참이슬'을 유머러스하게 변주하면서 노후를 앞두고 있는 현재의 실상을 적나라하게 드러낸다.

처음처럼 세병째, 처음처럼이라

우리는 처음에서, 그 많던 처음에서 얼마나 멀어진 걸까
그 처음들은 지금 어디에서 홀로 찬 이슬을 맞고 있을까
동창 녀석이 하늘을 올려다본다, 동쪽, 태평양 쪽이다

고향 땅까지 팔아 자식들을 유학 보낸 "기러기 아빠 삼년
째"인 친구와 시인인 화자는 정년을 코앞에 두고 노후를 걱
정하는 신세이다. 시인은 처음처럼을 마시며 "우리는 처음
에서, 그 많던 처음에서 얼마나 멀어진 걸까"라고 안타까워
한다. 술자리는 다음과 같은 대화로 끝난다.

지하철 끊어질 시간, 우리는 처음처럼을 다 비우고 일
어섰다
비틀, 이 나이에 지하철 타는 우리 같은 놈들은 헛산
거야
휘청, 안마, 이 나이에 나처럼 종점에 사는 놈도 있어
넌 마, 시인이잖아, 시인, 대한민국에서 알아주는 시인
나는 서쪽 종점으로, 녀석은 동북쪽 종점으로
우리는 또 보자는 인사도 나누지 않고 헤어졌다

위의 대화와 풍경은 김현이 평론 「속꽃 핀 열매의 꿈」을
통해 공들여 분석한 바 있는 김지하의 시 「무화과」를 떠올
리게 만든다. 위의 작품과 마찬가지로 짧은 단막극 형식으
로 되어 있는 시 「무화과」에서 김현이 '잠재적 자아'라고 분

석한 친구는 '실재적 자아'인 '나'를 위로해주며 "열매 속에서 속꽃 피는 게/그게 무화과 아닌가/어떤가"라고 말한다. 이 시에서 '나'는 비록 고통스러운 삶을 살아가고 있지만 남들과는 다른 삶, 즉 "속꽃 피는" 삶을 살아왔기 때문에 친구에게서 위무를 받을 수 있다.

인용 부분도 「무화과」에서처럼 친구와 '나'의 대화가 중심이다. 친구는 시인이 "종점에 사는 놈"이라고 자괴감을 토로하자 "넌 마, 시인이잖아, 시인, 대한민국에서 알아주는 시인"이라고 위로의 말을 건넨다. 그러나 친구의 위로는 「무화과」와 달리 시인을 달래주지 못하고 공허하게 날아가버리고 만다. 뒷말이 이어지지 않은 채, 각자의 종점을 향해 헤어졌다는 건조한 묘사가 이어지는 것이 이를 방증한다. 마지막 부분도 이를 뒷받침한다.

늙을 수조차 없는 우리의 노후 대책은 단 하나
절대 늙지 않는 거, 죽을 때까지 절대 죽지 않는 거
죽을 때까지 죽도록 일하다가 결국 혼자 죽어가는 거
그러니까 우리의 죽음은 순직이다, 아무도 거들떠보지 않는 순직

누군가 어깨를 툭 쳤다, 아저씨, 종점이에요, 종점

1970년대의 암울한 시대 상황을 배경으로 "꽃 없이 바로

열매 맺는" 삶의 지난함을 그린 「무화과」와 달리, 이 시에
서 정년을 앞두고 있는 친구들의 고민은 "죽을 때까지 죽
도록 일하다가 결국 혼자 죽어가는" 것이다. 김현이 분석
한 대로 「무화과」의 심층에는 "엘리트주의, 혹은 넓은 의미
의 영웅주의의 흔적"이 깔려 있지만 이 시에는 그런 엘리트
주의나 영웅주의가 낄 틈이 없다. 시인의 탄식대로 "아무도
거들떠보지 않는 순직"이 있을 뿐이다. 이를 김현의 어법을
빌려 표현하면 '도저한 비극적 세계관'이라 명명할 수 있지
않을까.

  아! 이제 알겠다. 시인이 왜 그리 '처음처럼'이란 말을 편
애하는지. 이번 시집에는 도처에 이 '처음처럼'이 쌓여 있
다. "꽃말을 만든 첫 마음"(「꽃말」), "저 멀리 초겨울 첫눈에
게 눈짓하는/춘삼월 마지막 눈발처럼"(「초발심」), "맨 끝에
서 맨 처음으로/다시 태어나는"(「분수」), "누군가 나를 뒤집
어/누군가의 맨 처음이 시작되도록/누군가의 설레는 맨 앞
이 되도록"(「모래시계」) 등등 시인이 불러내는 '처음'은 첫사
랑처럼 순애보적이다. 아래 작품은 이 순애보를 유장하게
보여준다.

  강원도의 견갑골 언저리 홀로 겨울 한 철을 보내면서
  내 마음의 음량이 산간 고요의 음량과 같아지기를 원했
 다 과거로만 쏠리는 상한 마음을 지금 여기로 불러오고
 싶었다 죽기 전에 죽고 싶었다 죽기 전에 죽어서 다시 태

어나고 싶었다 내가 새로워져서 지금 여기가 길고 넓고
깊어지는 것을 보고 싶었다
——「침묵에서 가장 먼 곳까지」부분

강원도의 오지에서 홀로 겨울 한 철을 보내며 "보슬비가
진눈깨비로 바뀌"어가는 풍광 속에서 자신의 내면을 참구
해나가는 이 작품은 간절함과 비장함이 서로를 고양하며 요
즘 우리 시단에서는 쉽게 찾아볼 수 없는 유장미를 획득하
고 있다. 별도의 분석과 해석을 무화(無化)하는 이 작품은
'도저한 비극적 세계관'을 넘어서기 위해 끊임없이 신생(新
生)을 갈망하는 간절한 시적 발원문이다.

4. 초발심시변정각 생사열반상공화

신라 시대의 고승 의상은 그 행적을 보면 지고지순한 성
품을 지녔던 것 같다. 그가 창건한 낙산사와 부석사를 떠올
리면 더욱 그러하다. 당나라 유학길에 함께 올랐던 원효가
해골바가지에 든 물을 마신 뒤 발길을 돌린 반면, 의상은 목
숨을 건 도전 끝에 마침내 당나라 입성을 이루고야 만다. 그
가 남긴 「법성게」는 당나라에서 오랜 시간 참구한 『화엄경』
의 핵심을 7언 30구 210자의 시로 함축해놓은 것이다. 원래
는 더 길었으나 스승 지엄이 너무 길다고 하자 불전에 나아

가 이를 불사르며 "부처님의 뜻에 계합함이 있다면 원컨대 타지 말기를 바랍니다"라고 서원하였다. 그러자 210자의 글자가 타지 않고 남았고, 의상은 이를 부처님 사리처럼 수습해 한편의 시로 엮는 동시에 그림처럼 도표화하여 저 유명한 「화엄일승법계도」를 남겼다.

「법성게」는 구절구절이 다 유명한데 그중에서도 특히 "초발심시변정각 생사열반상공화(初發心時便正覺 生死涅槃常共和)", 즉 "처음 발심할 때의 마음 그 자체가 깨달음이며, 생사와 열반은 늘 함께하는 것"이라는 구절이 널리 알려져 있다. 일연은 『삼국유사』에서 이 「법성게」를 두고 "한 솥의 국 맛을 아는 데 고기 한점이면 충분하다"라고 고평했다.

이문재 시인의 시를 일별하고 문득 떠오른 구절이 바로 "초발심시변정각 생사열반상공화"였다. 마침 이번 시집에는 이 두 구절을 연상시키듯 「초발심」과 「어제 죽었다면」 두 편이 서로 마주 보고 있다.

이문재 시인은 이번 시집을 통해 우리가 '초발심'으로 가야 '정각'을 이룰 수 있다고 누누이 말한다. '처음처럼'이 도처에서 만발하는 것도 이 때문이다. 시인은 이전 시집에서 '백서' 연작을 시작하면서 첫번째 시 「백서」에서 "죽음이 죽었다"라는 구절을 첫 구절로 삼았다. 이어지는 「백서 2」는 "죽음은 살아 있어야 한다"라는 구절로 시작한다. 이렇게 읽고 나니 시집의 서시(序詩) 격인 「모란」이 더욱 가슴에 와닿는다. "엄동설한에도 피고 지던/그 마음속/백모란"은 '처

음'을 향한, '상공화'를 향한 시인의 간절한 발원이 피워낸
꽃이기 때문이다.

李弘燮 | 시인

혼자의 팬데믹

혼자 살아본 적 없는
혼자가 혼자 살고 있다

혼자 떠나본 적이 없는
혼자가 저 혼자 떠나고 있다

혼자가 혼자들 틈에서 저 혼자
혼자들을 두고 혼자가 자기 혼자

사람답게 살아본 적이 없는
사람들이 저마다 삶을 살고 있다

춤과 노래가 생겨난 이래
지구 곳곳에서 마음 안팎에서
처음 마주하는 사태다

이 낯선 처음이 마지막인지
아니면 이것이 진정 새로운 처음인지
혼자서는 깨닫기 힘든 혼자의 팬데믹이다

창비시선 459

혼자의 넓이

초판 1쇄 발행/2021년 5월 28일
초판 6쇄 발행/2024년 6월 26일

지은이/이문재
펴낸이/염종선
책임편집/이선엽 박문수
조판/박지현
펴낸곳/(주)창비
등록/1986년 8월 5일 제85호
주소/10881 경기도 파주시 회동길 184
전화/031-955-3333
팩시밀리/영업 031-955-3399 편집 031-955-3400
홈페이지/www.changbi.com
전자우편/lit@changbi.com

ⓒ 이문재 2021
ISBN 978-89-364-2459-6 03810